근대 암흑기문학 정체성 재건

잡지 『國民文學』의 詩 世界

翻譯 : 사희영

제이앤씨
Publishing Company

≪總目次≫

序 文

일제통치하에 이루어진 조선인의 일본어 작품은 그동안 연구가들에 의해 많은 논의를 불러일으켜왔고, '친일문학'이라는 범주 안에 묶여져 문학작품과 작가가 사장되어 버린 경우가 많았다. 개화기 이후부터 친일문학의 존재성을 따져야 한다는 등 다양한 시각과 주장이 교차하다가 최근에 이르러서야 콜로니얼리즘에 근거한 양가성 연구를 비롯해 근대의 다양성을 포착하려는 연구가 시도되어지고 있는 중이다. 그러나 그 이면을 들여다보면, 한일 양 국민의 식민지 근대에 대한 다양한 제국주의 인식과 식민지라는 특수한 시대와 연관된 조선인들의 사고의 다양성을 포착하는 작업은 미흡한 듯하다. 게다가 재조일본인의 상당수가 조선잡지에 작품을 기재하는 등 조선 문단에 직간접으로 활동 혹은 연관되어 있었음에도 불구하고 그들을 배제하고 근대문학을 평가하는 것은 완전하다고 할 수 없을 것이다. 그것은 식민지기에 이뤄진 이중어문학 작품들에 대한 기초적인 데이터 정리나 세세한 작품분석이 아직까지도 미흡하기 때문이다.

특히 친일문학 논의에 있어 그 중심에 놓여 있는 자료 중 하나가 잡지 『國民文學』이라 할 수 있다. 잡지 『國民文學』은 당시의 사회적 분위기를 담은 좌담회와 평론과 같은 시사성의 글들을 비롯하여 詩, 수필, 소설과 같은 문학성을 모두 포함하고 있어, 당대의 시대인식과 사회적 흐름 그리고 한일 작가 개인의 사고체계를 잘 파악할 수 있는 자료이기 때문이다. 또 『國民文學』에는 한일 문인들의 작품이 실려 있어, 그 작품들을 분석하는 작업을 통해 그동안 친일로만 치부되어왔던 국한된 작품 분석이 아닌 사회적 상황을 그 베이스로 하여 식민자의 의식과 식민지를 벗어나려는 피식민자의 의식들이 작품에 어떻게 투영되어 있는지 파악할 수 있기 때문이다.

잡지 『國民文學』 번역서는 현재 출판되어 있지 않고 소설이나 좌담회 중 일부 작품의 번역에 그쳐있기에 필자는 근대 일제강점기하에 발행된 근대종합문예잡지인 「國民文學」을 살펴보고 그중 『國民文學』에 실린 창작시를 번역하여 이중어문학 작품들에 대한 기초적인 데이터정리를 함으로써 작품분석연구의 토대를 마련하고 근대문인들의 활동을 소개하고자 대조번역서를 시도하게 되었다.

먼저 『國民文學』이 발행된 시기의 시대 배경을 간단히 살펴보면 일제강점기 제3기로 '내선일체(內鮮一體)'와 '대동아공영권(大東亞共榮圈)'이 가장 활발하게 논의되었던 시기였다. 주지하는 바와 같이 '내선일체'는 조선과 일본이 한 몸이라는 이론으로 '국체명징(國體明徵)'과 '인고단련(忍苦鍛鍊)'과 더불어 나타난 것이다. 일제는 조선의 문명개화와 근대화를 도와주는 이유로써, 조선인과 일본인이 역사적으로 동일민족이기 때문임을 그 근거로 강조하면서 식민지 통치를 정당화 시키며 여러 이념을 전개해 나갔다.

1920년 일본수상 하라 다카시(原敬)가 조선인을 '식민지인'이 아닌 '외지인'이라는 용어로 언급하며 내지연장주의를 강조하였고, 1936년 취임한 미나미 지로(南次郎)는 혈연적인 것을 내세우며 조선인을 '천황의 적자(赤子)' 혹은 '이등국민'으로 설정하며 그 필연성을 강조하였다. 조선인과 일본인이 하나라는 이러한 미나미 지로의 발언은 조선인에게는 차별철폐를 의미하

는 것이자 조선인이 식민지인에서 탈피해 일본인과 평등하게 될 수 있다는
의미로 받아들여져 수용되게 된다.

일제는 이러한 내선일체론과 함께 일본을 지도세력으로 하여 만주와 중
국 등 동아시아와 동남아시아를 묶어 서양세력에 대항해 나간다는 대동아
공영권으로 확대해 갔다. 일제는 대동아공영권을 통해 아시아가 협동과
공영의 새로운 질서를 맞을 수 있다고 강조하였다. 특히 조선인에게는 내
선일체를 통해 이등국민이라는 자격을 부여받았으니 일본인과 함께 '大東
亞'의 지도자가 되어 장래 세계에 당당하게 나아갈 수 있을 것이라고 선전
하였다. 더불어 내선일체의 완성과 대동아공영권을 실현시키기 위해 조선
인이 일본인과 함께 천황을 위해 목숨을 바쳐 싸워야 함을 역설하였다.

일제는 내선일체로 포섭한 조선인이 대동아공영권을 이끄는 주체로서
전쟁에 참여하기를 독려하였고, 그리고 그에 대한 보상논리를 은근히 제시
함으로써 조선인의 자발적 협력을 끌어냈던 것이다. 이에 조선인들은 차별
로부터 탈피하기 위해 또 내일의 주인공이 될 수 있다는 환상 속에서 다양
한 '대동아공영권' 담론을 형성하며 내부적 협력자로 나아갈 수밖에 없었던
것이다.

이러한 시대 배경아래 1941년 11월 창간호를 시작으로 1945년 5월까지
일제식민지말기에 발행된 잡지가 『國民文學』이다. 식민지시대 말기에는
일제의 언론 통제 정책에 의해서 양대 민간신문과 『文章』및 『人文評論』이
폐간된 후 종합문예지로서 발간된 『國民文學』은 1941년 11월부터 1945년
5월까지 발간되었다.

『國民文學』 최재서가 발행인으로, 편집인으로는 김종한이 참여하여
종합문예지로서의 문예지 성격과 시사성을 포함한 『國民文學』을 지향하
였다.

『國民文學』이 발간된 시기에는 이미 〈國民總力朝鮮聯盟〉이 결성되어

있었고, 조선충독부 충독이 총재를 맡고 있던 〈國民總力朝鮮聯盟〉에서는 문화방면에 대한 要綱을 3가지 발표하였는데 그것은 일본어 사용을 강요하는 것이었다.

이러한 사회분위기 속에 『國民文學』을 간행한 최재서는 처음에는 연 4회 일본어판(1, 4, 7, 10월)과 연 8회 한글판 (2, 3, 5, 6, 8, 9, 11, 12월)을 기획하였으나, 일본어상용을 강요하는 분위기와 기존 조선 작가들의 조선어 작품마저 수합되지 않게 됨에 따라 『國民文學』의 한글판 발간을 종결시키고 만다. 그리고 〈國語普及運動要綱〉과 〈징병제〉 발표와 더불어 1942년 5·6월 합병호 부터는 일본어판만을 발간하여 총 39회 간행하였다.*

이렇게 발간된 전체 『國民文學』에서 詩를 게재한 조선과 일본 작가를 정리해 보면 20명의 조선인 작가가 45편의 詩를 게재하고 있다. 『國民文學』 창간호부터 실린 詩는 1941년 11월에 일본어 4편을 비롯해 1942년에는 16편(일본어 13편, 한글 4편), 1943년에는 9편, 1944년에는 16편을 게재하고 있다. 1942년과 1944년에 가장 많은 편수를 싣고 있으며, 1945년부터는 詩를 게재한 한국작가가 없음을 확인할 수 있다. 이는 전세상황이 일본에게 불리해짐에 따른 정세판단이 어느 정도 작용한 것으로 보인다.**

한편 『國民文學』에 게재한 일본인의 창작 詩를 보면 27명이 69편을 게재하고 있다. 시기별로 살펴보면, 1941년 창간호에 4편, 1942년 20편, 1943년 22편, 1944년 18편, 1945년 5편이 차지하고 있다. 일본인의 詩는 한글로 게재된 1942년 3월호와 휴간 호를 제외하면 1943년(10, 11월), 1944년(4,

---

* 1938년의 조선교육령 개정과 지원병제도로 인한 것이며, 이후 1944년 8월 국어 상용 전해운동은 징병제 실시와 동시에 이루어지는 등 조선에서 이루어진 일제의 언어정책은 전시 상황과 맞물려 진행되고 있었다.

** 사희영(2011), 『제국시대 잡지 『國民文學』과 한일 작가들』, 도서출판 문, pp.66~148 참조, 한국작가의 詩가 게재되지 않은 것은 1942년에 3달(5, 8, 9월), 1943년에 6달(1, 4, 5, 8, 9, 12월)이고, 1944년에 5달(3, 5, 6, 9, 10월)이며 1945년에는 게재詩가 전혀 없다.

11, 12월)에 불과해 거의 매호에 실렸음을 확인할 수 있다.

조선인 중에 가장 많은 詩를 게재한 작가는 김용제로 8편, 두 번째는 7편을 투고한 김종한이다. 그리고 세 번째는 城山昌樹로 1942년과 1943년까지 2편을 투고하였고, 이후에는 城山豹라는 이름으로 1944년 11월까지 2편을 투고하여 총 4편을 싣고 있다. 新井雲平도 4편을 싣고 있으며, 2편을 투고한 작가로 서정주, 조우식, 주영섭, 주요한 등이 있으며, 그 외 작가들은 각 1편씩을 게재하고 있다.

일본인 중에서 가장 많은 詩를 게재한 시인은 최재서의 스승이자 경성제국대학교 법문학부 영문과 교수인 사토 기요시(佐藤淸)로 12편의 詩를 『國民文學』에 게재하고 있다. 또한 스기모토 나가오(杉本長夫)와 가와바타 슈조(川端周三)가 각각 10편, 노리타케 가즈오(則武三雄) 5편, 柳虔次郎와 添谷武男가 각각 3편, 데라모토 기이치(寺本喜一), 아베 이치로(安部一郎), 尼ヶ崎豊, 芝田河千가 각각 2편, 그리고 나머지 작가들이 1편씩을 싣고 있다.

본서는 일제강점기 식민지시대에 발간된 종합문예지 『國民文學』의 기초데이터 자료를 정리함으로써 한국 근대문학의 맥을 잇는 데이터 자료이며 또한 일본 문학사에서도 그 위치가 설정되어 있지 않은, 일제강점기 경성에 체재하면서 신문을 비롯한 각종 매체에 작품이나 글을 기고하였던 일본 문학가들의 활동을 체계적으로 정리하는 기초로서 『國民文學』의 운문을 번역한 것이다. 그간 일제강점기 한국문단에서 활동한 일본문인들의 행적을 찾고 정리하는 기초자료로서 그동안 이루어진 '암흑기 문학'이나 '식민통치기 문학' 혹은 '친일문학'이라 칭하며 그 틀 속에 가두어 일률적으로 매도하거나 비난했던 당시의 작품들을 재조명하고자 하였다.

이 자료를 통해 혼란스러운 식민지 시대를 살아야 했던 한국 작가의 정체성을 확인하는 자료로서 또 한일 작가의 다양성을 파악해보는 기초자료로 사용되기를 바란다. 또 그동안 친일로만 치부되어왔던 국한된 작품 분석이 아닌 사회적 상황을 그 베이스로 하여 식민자의 의식과 식민지를 벗어나려는 피식민자의 자기 해방의 욕구들이 작품들에 어떻게 투영되어 있는지 포스트 콜로니얼 차원에서 연구로 확대되어지길 바래본다.

본서의 출간은 지배국의 언어로 교육받을 수밖에 없었던 식민지 시기의 문학 활동을 살펴봄으로써 근대문학의 맥을 연결하는 시도를 위한 것이라고 할 수 있다. 일본어 잡지 중 대표적인 『國民文學』의 시를 번역한 이 작업이, 그간 국문학에서 외면하여 왔던 이중어문학에 대한 연구를 가속화시켜 한국학 연구의 지평을 넓힐 수 있게 되기를 소망하는 바이다.

본서의 구성은 잡지가 출간된 날짜를 순서대로 배열하여 원문과 번역문을 함께 제시하여 비교하기 용이하게 하였고, 뒷면에 부록으로 『國民文學』에 시를 게재한 한일 작가들의 목록을 첨부하여 알기 쉽도록 하였다.

끝으로 부족한 제자를 위해 노심초사 애써주시고 격려해주신 김순전 교수님을 비롯한 전남대학교 일본근현대문학 연구팀원들과 마지막 교정에 도움을 준 박주영씨 또 사랑으로 응원해준 정윤과 정호에게 고마움을 표하고 싶다. 아울러 졸고의 출판에 흔쾌히 응해주신 제이앤씨 윤석현 사장님께도 감사를 드린다.

2014년 1월
史希英

《『國民文學』 對照翻譯 凡例》

1. 잡지 원문의 세로쓰기를 가로쓰기로 입력하였으며, 삽화는 원문에 삽입된 삽화를 사용한 것이다.

2. 원문의 내용이 현재 일본어에 사용되고 있지 않은 한자 정자체나 역사적가나표기법(歷史的仮名遣) 또는 외래어 표기법 등을 사용하고 있는 부분은 가능한 한 원문 그대로 표기하였다.

3. 조선 문인의 성명은 창씨개명으로 인해 명확한 독음을 알 수 없고, 일본 문인의 경우도 유명 문인이 아닌 경우 정확한 독음을 알 수 없기에 한글로 표기하지 않고 일괄적으로 원문에 표기된 한자를 그대로 표기하였다.

4. 특정용어는 시대 상황을 고려하여 당시 사용언어 그대로 표기하였다.

      ex) 일본 : 내지

5. 각 시의 제목과 본문의 줄 간격은 편집상의 편의에 따라 임의로 설정하였다.

잡지
『國民文學』의
詩 世界

『一九四一年 創刊號』

1941. 11

雪

佐藤清

わきばらをえぐる寒さを
(かんかんと澄みきり)
知らん顔の京城の空、
十五年、
其の同じ顔を見つめて來たが、
とうとう顔色に異変が起きた。
繰りかへし、繰りかへし、
繰りかへされる大雪の日よ、夜よ
しづかにあける木立木立に
ふりつもる大雪の音のない足音よ、
小犬にたはむれるまつ白い大鴉、
雪片を茶に染めて鳴き合ふ小鳥たち、
うれしまぎれに鋪道を走り、
いくたびか足をさらはれる人たちよ、
少年の日のやうに、
京城は今こそ
全くわたしの故郷になつた。

눈

옆구리를 후벼 파는 추위
(꽁꽁 얼은 맑은 하늘)
모르는 체하는 경성의 하늘
15년
늘 같은 모습을 보아왔지만
드디어 그 모습에 이변이 일어났다
되풀이되고 또 되풀이된
계속 퍼 붓은 폭설의 날이여, 밤이여
조용히 날이 밝아오는 나무숲 나무숲에
쌓이는 대설의 소리 없는 발자국이여-
강아지와 장난치는 새하얗고 커다란 까마귀
눈송이를 찻물로 물들이며 서로 우는 작은 새들
너무 기뻐 보도 위를 달리다
몇 번이나 다리가 움푹 빠진 사람들이여-
소년의 날처럼
경성은 지금이야말로
정말 우리들의 고향이 되었다.

空

佐藤清

軒下のつみ煉瓦の上、
洗はれた舗装路の上、
一面に廣がる夕ぐれの空—
少女たちの裳裾を染め、
赤銅の乞食の皮膚を染め、
ぎりぎりと軋りつゝ過ぎゆく
まつかな電車電車を染めて
いつまでも暮れのこる夕ぐれ—
青空は低く低く地に垂れて、
天にかへるを忘れてゐる。

カメラのやう、腦は
くらやみに包まれながら、
襞ことごとく
青ひといろに透きとほり、
それをとほして
全都の縮図—五彩まばゆき
蜃氣樓、あざやかな
まぼろしとしてあらはる、。

하늘

처마 밑 쌓인 벽돌 위에
씻겨진 포장도로 위에
가득히 퍼지는 하늘의 황혼-
소녀들의 치맛자락을 물들이고,
까무잡잡한 거지의 피부를 물들이고
삐걱거리며 겨우 넘어간다
새빨간 전차 전차를 물들이고
언제까지라도 어스레한 황혼 빛-
청명한 하늘은 낮게 낮게 지면에 쓰러지고
하늘로 돌아가는 것을 잊고 있다.

카메라처럼 뇌리는
어둠에 감싸이면서
주름처럼 모두
파란색으로 비쳐지고
그것을 통한
전 도시의 축도(縮図)-오색 눈부신
신기루, 멋진
환영으로 나타난다

やがて腦より肩に、
肩より腕に、
ペンを持つてゐるわたしの右の
拇指、人指指、中指の、
それぞれの尖端に流れてくる
大空の青よ、天を忘れて、
地のすみずみにみちた青よ。

この照りかゞやく都會に向つて
深く動かされる法悦の予感、
それを微網に、精密に、
調整する腦の力に、
いきもとまるばかり。
しかも胸はおどらず、
脈はとゝのひ、血は、
規律正しく流れてゐる。
そのまゝで、わたしは不図自分に歸つたが、
一瞬、意識が絶えたのであらう。
まぼろしはもう跡方もなかつた。

드디어
머리에서 어깨로
어깨에서 팔로
펜을 쥐고 있는 우리들의 오른쪽
엄지손가락, 검지손가락, 중지 손가락
각각의 끝으로 흘러들어온다
넓은 하늘의 푸르름이여, 하늘을 잊고
땅의 구석구석에 가득 찬 푸르름이여

이 내리쬐는 도회를 향해
깊게 움직여지는 설법의 예감
그것을 미세하게, 정밀하게,
조정하는 뇌의 힘에
숨도 멈출 뿐.
가슴은 뛰지 않지만,
맥박은 고르고, 피는
규칙적으로 흐르고 있다
그대로 나는 문득 정신을 차렸지만,
순간, 의식이 끊어진 것일 것이다
환상은 이제 흔적도 없었다.

玄齋

佐藤清

わるずみをすりおへた玄齋は
チビ筆を大事にかゝえて、
朝鮮紙にものゝ形を書き始めた。
一柳がなびき、
舟がもやつてある。
釣竿が流れかけ、
天神ひげの老人が
大の字になつて
舟べりに眠つてゐる。一
ぶつぶつの多い
墨あとも無頓着に
書いてしまふと玄齋は
煙草をくゆらし始めた、
自分も眠たさうに、

京城の店頭でわたしの見た繪よ、
そしてそれつきり姿を消した繪よ、
書いて、書いて、書きまくつて、
何の屈托もない貧しいたましひ─
これに魅せられぬものは誰か。
名声よ、芸術の花嫁よ、
汝は百年間、
とつぐべき配偶を忘れてゐる。

현재

부서진 먹을 다 갈은 현재
작은 붓을 소중하게 껴안고
조선지에 사물을 그리기 시작했다.
--버드나무가 나부끼고,
쪽배가 뿌옇다.
낚싯대를 드리우고,
수염이 기다란 노인이
큰 대자로
뱃전에 잠들어있다.
뚝뚝 떨어진 많은
먹의 흔적에도 아랑곳없이
다 그린 현재(玄齋)는
담배를 태우기 시작했다.
자신도 졸립다는 듯이

경성 점포에서 우리들이 본 그림이여,
그리고 그걸로 자취를 감춘 그림이여,
그리고 또 그리고 닥치는 대로 그려도,
어떤 싫증도 내지 않는 가난한 영혼-
이것에 매료당하지 않을 자 누구인가?
명성이여, 예술의 신부여,
너희들은 백 년 동안
결혼 할 만한 배우자를 잊고 있었다

手に手を

朱耀翰

手に手を連ねませう
足拍子取つて踊りませう
トトタムタム
タムタムトトタム

シビルの若衆よ
ジャバの娘御よ
手に手を取れば夜が明ける
アジヤの夜が明ける
トトタムタム
タムタムトトタム

손에 손을

손에 손을 맞잡으십시오
발로 박자 맞춰 춤을 춥시다
따따 탕탕
탕탕 따따 탕

시빌의 젊은이들이여
자바의 아가씨들이여
손을 맞잡으면 새날이 밝아온다
아시아의 아침이 밝아온다
따따 탕탕
탕탕 따따 탕

ウラルに旗樹て
バイカルにプールを作りませう
手に手を取れば日が昇る
太平洋の朝日が昇ります
トトタムタム
タムタムトトタム

拍子を取りませう拍子を取りませう
印度の象さん前足で
ゴビのラクダ君長首で
アザラシさんから手紙ですカンガル一氏へ
トトタムタム
タムタムトトタム

マレーの海に燧火が上つたら
カムチヤツカでマラソンが初まる
手に手を連ねて
足拍子宜しく
三段飛びの御稽古
アジヤが明ければ
世界も明ける
トトタムタム
タムタムトトタム

우랄에 깃발 세우고
바이칼에 풀장을 만듭시다
손에 손을 잡으면 해가 떠오른다
태평양의 아침 해가 솟아오릅니다
따따 탕탕
탕탕 따따 탕

박자를 맞춥시다 박자를 맞춥시다
인도 코끼리의 앞발로
고비 낙타의 기다란 목으로
바다표범에게서 편지입니다 캥거루씨 앞으로
따따 탕탕
탕탕 따따탕

말레이해에 봉화가 오르면
캄차카에서 마라톤이 시작된다
손에 손을 잡고
발을 잘 맞추어
삼단뛰기 연습
아시아가 밝아지면
세계도 밝아진다
타타 탕탕
탕탕 따따 탕

タンギ

朱耀翰

御國に召されて往く時にや
赤いタンギを贈りませう
肌身につけて戦さすりや
彈が降つても當らせぬ

北から歸る雁がねは
蘆の根本に宿らせやう
夢に歸る御主さまは
鴛鴦枕にやすませやう

アムルの氷も夏にや解ける
解けても便りの來ぬ夏は
黒のタンギに白い看護服
私も國の努め果たします

西江の夕日の赤い血は
勇ましく流した貴方の血
無言の凱旋、村の驛頭に
白いタンギで萬歳唱へませう

댕기

조국에 부름 받아 갈 때에는
빨간 댕기를 드리겠어요
몸에 지니고 싸우시면
총알이 날아와도 맞지않아요

북쪽에서 돌아오는 기러기는
갈대 뿌리에 머물게 하겠어요
꿈에서라도 돌아오는 주인님은
원앙침에서 쉬게 하겠어요

아무르의 얼음도 여름에는 녹아요
얼음이 녹아도 소식이 없는 여름은
검은 댕기에 하얀 간호복
나도 조국에 대한 의무를 다하겠어요

서쪽 강 노을의 빨간 피는
용감하게 흘린 당신의 피
무언의 개선, 마을 역 앞에
하얀 댕기로 만세를 부릅시다

東方の神ゝ

金村龍濟

東方の神々の惠の衣を身に受けて
なつかしき祖先の古の生けるが如く
いみじき碑の端に子孫の譽を繼がんとぞ思ふ

空の幸、海の幸ほのぼのと樂に乘る
神々の色にほふ朝雲をわれもまた
地球の處女の岩に手を擧げて吸はん

山の幸、野の幸花々の微風に搖れ
鶴高く鹿踊る繪をわれもまた
亞細亞の里に種蒔き歌はん

ああ、ふるさとの魂潤ふ土の滋味よ
麥笛の謠、桑の實の甘さは忘れまじきを
西方の魔法に醉ふすべの何と憐れなる

동방의 신들

동방의 신들 은혜를 몸에 받고
그리운 선조가 옛날에 살았던 것처럼
엄숙한 비석 귀퉁이에 자손의 명예를 전하려고 생각한다

하늘의 산물, 바다의 산물 희미하게 풍악을 울린다
신들의 색 향기를 뿜는 아침 구름을 나 또한
지구의 오토메이와*에 손을 올리고 호흡하련다

산의 산물, 들판의 산물 만발한 미풍에 흔들려
두루미 높이 날고 사슴이 춤추는 그림을 나 또한
아시아의 마을에 씨뿌리고 노래하련다

아아, 고향의 혼령 윤택한 흙의 양식이여
보리피리 노래, 뽕나무 열매의 달콤함은 잊지 못하는 것을
서방(西方)의 마법에 취하는 것은 얼마나 불쌍한가

---

* 오토메이와(乙女岩): 이치노세가와(一之瀨川)의 상류지역에 있는 큰 바위로, 야마토히
메미코토(倭姬命)가 아마테라스오미가미(天照大神)가 강림할 자리를 찾아 와타라이
(度会) 땅을 을 찾아다녔을 때 가와카미(川上)의 이 바위 위에서 하룻밤을 휴식하며
오오카미를 쉬게 했다는 전설의 장소.

神々の美しき壺に妖しき蜘蛛の巣を張りて
己れの良心の窓を欺く不幸なる旅人よ
悲しき影を救はんとす東方の星々を見よ

氷き生命の根榮えて縱絲の夢を織り
古き傳統の泉に絶えざる眞水如く
ひそやかに變はれる鄕愁こそ運命の暖さなれ

太陽の日の玉散りて天文お寶石を布く時
光の母音の洗禮に笑みて顏色の黄なる
地上の最初の星々はわれらが祖先なりき

遠き人類の指紋を化石の秘密に見て思ふ
この一粒の樫も百孫の樹々を限りなく傳へ
億萬の年輪を石炭の綾なす日もなほ終らじ

ああ、今の世の國々に戰ひの嵐吹くとも
東方の民々血の通ふ愛にふれ合ひ
大いなる神々の心に從へば人々の憂なし

신들의 아름다운 항아리에 괴이한 거미의 집을 짓고
스스로의 양심의 창을 기만하는 불행한 여행자여
슬픈 그림자를 구하려는 동방의 별들을 보라

오랜 생명의 뿌리 번창하여 날실의 꿈을 짜고
오랜 전통의 샘에 끊임없는 진실한 샘물과 같이
조용히 연모하는 향수만이 따뜻한 운명이 되리라

태양빛 구슬 흩어져 천문의 보석을 바닥에 까는 때
빛의 근원 소리의 세례에 웃음 짓는 얼굴빛 황색이다
지상의 최초의 별들은 우리들이 선조이다

먼 인류의 지문을 화석의 비밀로 보고 생각한다
이 한 톨의 떡갈나무도 자자손손의 나무들로 한없이 이어져
억만년 나이테를 석탄의 아름다운 무늬로 채색하는 날도 더욱
이 끝나지 않으리

아아— 이 세상 전 세계에 전쟁의 태풍 불어도
동방의 백성들 피가 연결된 사랑으로 서로 통하고
위대한 신들의 마음에 따르면 사람들 걱정 없네

勇士を想ふ

杉本長夫

いつの頃よりか私の處を訪れるやうになつた彼
無口ではあつたが
穩かで蒼空の光を湛えた瞳は
すこやかな彼の魂をうかゞはせた
高い梢に春をあたえる
しのび足の風のやうに
彼の訪れは人々の心を暖くした
彼の胸には思も近き戦の場の
猛き武勳のしるしが
燦として輝いてはゐたが
時折の會話のかげにも
敢てそれを誇る氣配もなかつた
しづもれる大地の如く
彼の大いさは常に鳴りを鎮めてゐた
秋　たちそめた風の或る日
若干顔をほてらせながら
彼は再出征のことを語つた

용사를 생각하네

언제부터인가 내가 있는 곳을 찾아오게 된 그
말이 별로 없었지만
온화하고 파란 하늘빛을 띤 눈동자는
강건한 그의 정신을 들여다보게 했다
높은 가지에 봄을 주었다
숨죽인 발걸음의 바람처럼
그의 방문은 사람들의 마음을 따뜻하게 했다
그의 가슴에는 늘 생각하는 격전지의
용맹한 무공의 증거가
눈부시게 빛나고 있었지만
때때로 이야기하는 중에도
일부러 그것을 자랑하는 기미도 없었다
고요한 대지처럼
그의 위대함은 언제나 숨을 죽이고 있었다
가을 물들은 바람 부는 어느 날
얼마간 얼굴을 붉히면서
그는 재 출정을 말하였다

人々は視福と激勵の言葉を與えた
それ以來　絶えて空しく便りはなかつた
だが私は遙かに想ふ
落日を背に霧に濡れて
僭金の望樓に立つ嚴しい彼の姿を
眞晝時　蓮池のほとりで
支那の小孩と戲れる彼の頰笑みを
立ちのぼる喚聲のうち
硝煙をついて光る彼の烈しき眼を

사람들은 축복과 격려의 말을 해주었다
그 후 소식이 끊어지고 소식이 없었다
그렇지만 나는 훨씬 더 많이 생각한다
지는 해를 등지고 안개에 젖어
망루에 선 근엄한 그의 모습을
한낮에 연꽃 연못 근처에서
중국 아이들과 장난치는 그의 미소를
피어나는 환성 속에서
초연(硝煙-화약냄새)에 배인 빛나는 그의 뜨거운 눈빛을

自畵像

林學洙

汝が　微笑は、
ながき　絶壁の　うへ
水盤に
音なく　散る
百百の　ふさ。

汝が　髮は、
彼の　遠き　高山
眞晝の　蒼き　靜寂が
積り　積つて　滴る　影。

暴風と
大洋と
曇れる　天候と
今は　耳に　なく、

자화상

그대의 미소는
길다란 절벽 위에
수반(水盤)에
소리도 없이 진다
수백 송이

그대의 머리는
저 먼 높은 산
한낮의 창백한 고요함이
쌓이고 쌓여 떨어지는 그림자

폭풍과
대양과
흐린 날씨
지금은 귀에 들리지 않고

眼は　隼の　ごと
大空を　かけつては
また　圓を　描いて
倉皇と　戻り、
灰色の　霧に　包まれて――

ああ、情熱の　終焉、
高く　天の　涯に
聳えて　憩ふ　此の　孤獨！

汝が　額に
朝な　夕な
ひとり　霧　來り　かゝり
また　流るる。

눈에는 매처럼
넓은 하늘을 날고는
다시 원을 그리고
창황히 돌아와
잿빛 안개에 싸여져---

아아―정열의 끝(終焉)
높이 하늘 끝에
치솟아 쉬는 이 고독!

그대의 이마에
아침 저녁으로
홀로 안개가 와 싸이고
다시 흐른다

『一九四二年 新年號』

1942. 1

年頭吟

大内規夫

息づまる國の内外の年明けてわが祝ぐ朝の山河まさやか

正しかる民族のこころ徹さあむ重大のときをわが思ふなり

うち巡る山の峰々に動く雲の美しきは思へ民ら静けし

身に近きあまた征きつつわが征かむ日を待つこころ畏かれども

門のべの溝の流れも澄みしづみ雲うつす白しみ冬晴れつつ

かすかなる希ひといふも味清き櫻の鹽漬を今年作らむ

思ひ出でも名前の澤山なれど思い出せぬあり金素英ちふは

신년시

숨 막히는 나라 안팎 신년이 되어 축복하는 아침 산하 더욱 청명하네

정의로운 민족정신 관철하세 중대한 이때를 생각하고

둘러싼 산봉우리마다 움직이는 구름의 아름다움은 우리 신민들처럼 고요하구나

가까운 사람들 다들 출정 가고 나의 출정일을 기다리는 마음 황공하여라

길모퉁이 근처 개천 물 맑아 구름 비추니 하얗게 물든 겨울 맑아만 가네

작은 희망이란 정갈한 맛의 벚꽃 소금 절임을 올해도 만드는 것

추억하는 사람들 이름 많지만 회상하지 못하는 것도 있네 김소영

折々に

椎木美代子

息災の家族年祝ぐありがたき眼うらの光に虔しみむかふ

諭しつゝ時局に及べばわが聲音なみだとなりて昂ぶりゐたり

蒼茫の夕空に昨日の貌ありきただにわが眼に無為と愛しき

商品倉庫にて午砲を聞けるけふの日は心澄みたる黙禱終へつ

その一言眉宇緊りたる兵と別れ歸路冷冷とわが昂ぶれり

때때로

건강한 가족의 새해 축복 고마워라 눈 속깊이 빛으로 삼가 맞
는다

깨우치면서 시국에 이르면 우리의 목소리 눈물이 되어 흥분하
고 있네

드높이 맑은 저녁하늘에 어제의 모습 있네 단지 나의 눈에 비
친 자연 그대로가 사랑스럽네

물품창고에서 정오의 사이렌 소리를 듣는 오늘은 마음이 맑아
지는 묵도로 끝을 맺네

오직 한마디 미간을 긴장한 병사와 헤어져 돌아오는 길 맑고
시원해져 나는 흥분하네

玉順さん

竹内てるよ

玉順小母さんは
このむさしのゝ一角に
耕地整理の　工事で來た。

玉順小母さんは
しろいきぬスカートをさやさやさせて
坊やを下の方におぶい
にこにこ日向を　あるく
農家のおかみさんと冗談を云ひあひ
追ひかけつこをして、笑ふ

夕方　玉順さん一家は
くれ殘る一つ星の下で
そろつてたき火をする、白菜をにる。

玉順さんと私が
野みちで　立話をしたり

옥순씨

옥순 아주머니는
이 무사시노 일각에서
농경지정리의 공사를 위해 왔다.

옥순 아주머니는
하얀 면 치마를 사각거리며
꼬마를 아래쪽에 업고
웃으며 양지 바른쪽을 걷는다
농가 주인과 농담을 주고받으며
뒤쫓아 달리기를 하며 웃는다

저녁 무렵 옥순씨 일가는
어스레한 하나의 별 아래
모여서 모닥불을 피우고 배추를 삶는다

옥순씨와 내가
들길에 서서 이야기를 하거나

回覧版をよんできかしてゐるときに
何か少しでも　ちがつたところが
あると思ふ人があつたら
その人は、大きなまちがひをする。

玉順さんは　母であり
私たちも　みんな母であり
日本の母たちには　何のへだてもない。

玉順さんは　野火にあたつて笑ふ。
そして私たちも手をあぶつて笑ふ。
春の　にほやかな新月の夕ぐれ。

회람판을 읽은 이야기를 들려줄 때
무엇인가 조금 잘못되었다고
생각하는 사람이 있으면
그 사람은 크게 잘못알고 있는 것이다

옥순씨는 어머니이고
우리들도 모두 어머니이고
일본의 어머니들은 어떤 거리감도 없다

옥순씨는 들의 마른풀 태우는 불에 웃는다
그리고 우리들도 손을 쬐이며 웃는다
봄에 고운색조로 막 떠오른 달의 황혼

園丁

金鍾漢

年おいた山梨の木に、年おいた園丁は
林檎の嫩枝を接木した。
研ぎすまされたナイフを置いて
うそ寒い、瑠璃色の空に紫煙を流した。
『そんなことが、出来るのでせうか』
やをら、園丁の妻は首を傾げた。

やがて、躑躅が賣笑した。
やがて、柳が淫蕩した。
年をいた山梨の木にも、申譯のやうに
二輪半の林檎が咲いた。
『そんなことも、出來るのですね』
園丁の妻も、はじめて笑つた。

そして、柳は失戀した。
そして、躑躅は老いぼれた。
『私が、死んでしまつた頃には』
年おいた園丁は考へた。

『この枝にも、林檎が實るだらう。
そして、私が忘られる頃には…』

정원사

늙은 배나무에   늙은 정원사는
사과나무의 어린 가지를 접목했다
잘 갈아진 나이프를 두고
으스스 추운 유리 빛 하늘에 연기를 날려 보냈다
"그런 일이 가능한 것일까요"
살며시 정원사의 아내는 고개를 갸웃했다

결국 철쭉이 웃음을 팔았다
결국 버드나무가 음탕했다
늙은 배나무의 변명처럼
두 송이 반의 사과 꽃이 피었다
"그럴 수도 있는 것이군요"
정원사의 아내도 비로소 웃었다

그리고 버드나무는 실연당했다
그리고 철쭉은 늙어빠졌다
"내가 죽었을 때 즈음에는"
늙은 정원사는 생각했다

"이 가지에도 사과가 열리겠지
그리고 내가 잊혀 질 즈음에는……"

なるほど、園丁は死んでしまつた。
なるほど、園丁は忘られてしまつた。
年おいた山梨の木には、思ひ出のやうに
林檎の頬ツぺたが、たわわに光つた。
『そんなことも、出きるのですね』
園丁の妻も、今は亡かつた。

反歌
たらちねの母に障らばいたづらに
汝も吾も事成るべしや

과연 정원사는 죽어버렸다
과연 정원사는 잊혀져버렸다
늙은 배나무에는 추억처럼
사과 열매들이 주렁주렁 빛났다
"그럴 수도 있는 것이군요"
정원사의 아내도 지금은 없다

　　　　반가
어머니를 기분 상하게 하면 무익하게
당신도 나도 모든 일이 이루어질 리 없네

古譚

金圻洙

しんしんと、しんしんと、ふりつもる粉雪よ、
いつまでも、いつまでも、ふりつもる粉雪よ、

櫺子が、ゆさゆさ揺れ
梅の花が咲いてしまつた、
素絹のやうに獨りつきりになり―

明るい明るい粉雪よ、
無口であるくせ心の中では静かに囁き
ヂルコンに、李籃に、青籃にみだれ
戀のやうに裸跣のたはむれ、

今もなほしんしんと軌つていく私の乳母車、
一杏のやうな母がほゝゑみ
淡い小道が暮れ、チンチンと歸つていく。

白い雪、白い雪、
いつあでも歸らうとしない鴉だち、一羽二羽三羽と鳴きくづれ、
少年の日の凧揚げの日和のやうに、
明るい摘草のやうに、
遠い遠いふるさとよ。

고담

하염없이 하염없이 내려 쌓이는 가랑눈이여
언제까지 계속 내려 쌓이는 가랑눈이여

나무창살이 흔들흔들 흔들리고
매실 꽃이 피고 말았다.
하얀 면처럼 홀로되어---

밝고 밝은 가랑눈이여
고요히 있으면서 마음속에서는 조용한 속삭임
담황색, 감청색, 잉크에 흩어져
사랑처럼 맨발의 장난

지금도 계속 하염없이 삐걱거리며 가는 나의 유모차
살구처럼 어머니가 미소 짓는다
좁은 골목길을 해질 무렵 딸랑딸랑 돌아간다

하얀 눈, 하얀 눈
언제까지라도 돌아가려 하지 않는 까마귀들, 한 마리 두 마리
세 마리 정신없이 울고
소년의 날 하는 연날리기 날씨처럼
즐거운 풀 뜯기처럼
멀고 먼 고향이여

しんしんと、ふりつもる沫雪、
いつまでも、ふりつもる沫雪、
猫の背にもふり
遠い汽笛にもふり
毛深い梢にもふり……

明るい明るい版畫のやうに染め、
うづもれた四角窓の秘戯よ、
行燈はちらほら搖れ
おばあさんの古譚が咲く。

하염없이 내려 쌓이는 거품 같은 눈
언제까지나 내려 쌓이는 거품 같은 눈
고양이 등에도 내리고
먼 기적에도 내리고
잔털 많은 가지에도 내리고....

밝고 밝은 판화처럼 물들여
파묻힌 사각 창의 은밀한 장난이여
사방등은 혼들혼들 흔들리고
아주머니의 옛날이야기 꽃이 핀다

連峯雲

田中初夫

はるかなる彼の山々の峯に
たゝずまひいざる小雪のおこなひ
今日も著きを見ずや

寒梅前窓に匂ひ
竹影後院に搖れて
聲なくはた塵なかりし机邊も
砲彈の音日々に激しく
進軍の喇叭絶之ず鳴りひゞきては
わが憂ひ國事にかゝはること深く
いきどほり涙と共に發りゆきて
四季の移りもいつしか忘らへはてぬ

橫雲峯をかすめ
黑雲峰に下りゐ
雲形刹那に造られて又崩るゝ空へ來往には
すでに嵐も競ひ吹かむとするか

峯ゆく雲あはたゞしけれど
わが道なんぞ蔽はるべきや
机上に積りし塵をはらひ來板をはねて
書中に倒影する雲の影を極め盡さむ
雲のおこなゝひ著くとも
何事ぞなほざりに韋編を朽して思索を止めむとはする

연봉의 구름

아득히 먼 저 산봉우리에
머물러 미끄러질 듯 조금 내린 눈의 모습
오늘도 흔적을 보이지 않는구나

겨울매화(寒梅)는 앞창에 향기롭고
대나무 그림자 집 뒤에 흔들리고
소리 없이 가장자리 티끌하나 없는 책상주변도
포탄소리 매일 격심하고
진군나팔 끊임없이 울려 퍼지니
나의 근심 국사(國史)에 깊이 관여되어 있어
분노어린 눈물과 함께 일어서니
사계절의 변화도 어느 새인가 잊어버린다

옆으로 길게 뻗은 구름 봉우리를 스치듯 지나고
검은 구름 봉우리에 내려온다
구름형상 찰나에 만들어졌다 다시 부서지며 하늘을 왔다 갔다 하고
이젠 폭풍우도 경쟁하듯 불어오려는 것일까

산봉우리로 가는 구름 분주하지만
내 가는 길 어찌 막을 쏘냐?
책상위에 쌓인 먼지를 털고 판자를 치며
책 속에 비쳐진 구름형상을 끝까지 찾는다
구름의 움직임 적어보지만
왠일인지 탐탁치 않아 서책을 덮고 사색을 그만두려고 한다

海に歌う

趙宇植

悲哀あるとき
僕ひとり海邊に出れば
あなたには豊饒な歌がある。
しじまのやうな園繞地の言葉が。

きれいな眼がウルトラの呼吸をすうて生きる海よ。
僕が行けばあなたは神話をさゝやき
放棄された生立ちを語らない。

貝殻は僕が好きだといひ
僕はあなたの耳を拾ふて愛し
あなたの歌を聴いてはみるが
やはり神の話のほかきこえない。
叫ばせてもくれないあなたの歌よ。

僕は逃れて海藻と共に戯れ
あなたの耳に口笛をならし
僕のやうな歌聲は雲を追つてゐる。
砂ぼこりを立てて僕は走る。
そして僕は礫く。
やはりあなたは慈悲であつた。

바다에서 노래하네

슬플 때
나 혼자 바닷가에 나가면
당신에게는 풍요로운 노래가 있다
침묵처럼 그 주변을 둘러 싼 이야기가

아름다운 눈빛이 울트라 호흡을 하고 살아가는 바다여
내가 가면 당신은 신화를 속삭이고
포기한 성장을 탓하지 않네

소라껍데기는 내가 좋다고 말하고
나는 당신의 귓바퀴를 주워 사랑하고
당신의 노래를 들어보지만
역시 신화로 밖에 들리지 않는다.
부르짖어도 들려주지 않는 당신의 노래여

나는 도망쳐 해초와 함께 장난하고
당신의 귀에 피리를 불고
나와 같은 노랫소리는 구름을 쫓는다
모래먼지를 일으키며 나는 달린다.
그리고 나는 부서진다
역시 당신은 자비였었다

逃れてはいけない。
あなたの歌をおぼえるために
僕は青春と共に
逃れてはいけない。

도망쳐서는 안 된다.
당신의 노래를 기억하기위해
나는 청춘과 함께
도망쳐서는 안 된다

我はみがく大和に通ふ床を

寺本喜一

この床をみがきみがきてひたすらに思ふ
この床は大和に通へ
我、膝を届してこの床をみがく
我、能なければひたすらにみがくはこの床
この半島の床は鏡のごとくあれと
床をみがきつゝ我が心いと憂はし
我が心なにかしきりに騒ぐなり
我が胸何故か、たかぶりてやむことなし

この月日、何に狂ふかヤンキーのやから
ジョンブルの悪病にとりつかれ
我が和魂を侮づりて南方圈を攪亂す
南方圈は我が神々の天の浮橋
海原をゆかん、青海原をゆかん
我等が黒潮にのるは故里に歸るなり
今こそは水漬く屍と潮をゆかん
神功皇后の御船を捧げ
新羅に向ひし魚族のごとゆかん

나는 닦네 일본으로 통하는 마루를

이 마루를 닦고 닦으면서 오로지 생각한다
이 마루는 일본으로의 통로
나, 무릎을 꿇고 마루를 닦는다
나, 능력이 없어서 오로지 닦는 것은 이 마루
이 반도의 마루는 거울처럼 있지만
마루를 닦으면서 우리 마음은 더욱 걱정스럽다
우리마음은 왠지 끊임없이 술렁거린다
우리가슴은 왠지 흥분되어 멈추지 않는다

이런 날들 무엇에 발광하는 걸까 양키(미국인,역자주) 일족
존불(영국인, 역자주)의 몹쓸 병에 걸려
우리 영혼을 낚시질하고 남방권을 어지럽힌다
남방권은 우리 신들의 하늘의 다리
넓은 대양을 가자   파란 대양을 가자
우리들이 흑조(黑潮)를 타는 것은 고향으로 가는 것
지금이야말로 물에 잠긴 시체로 바다에 갈 것이다
진구황후*의 배를 높이 받들어
신라로 향하고 어류처럼 갈 것이다

---

* 진구황후(神功皇后): 제14대 추아이천황(仲哀天皇)의 황후로 신과 교감하는 능력을
  가진 무녀(巫女). 추아이천황이 신탁을 믿지 않은 벌로 급사하자 신탁에 따라 신라를
  공격하는데, 이때 크고 작은 물고기가 모여서 배가 나아가는 것을 도왔다고 한다.

南の海は火を噴けり
我が荒魂知らずして何をほざくかヤンキーのやから

今に思ふ六百六十年の彼の昔
弩弓を放ち銅鑼をうち襲ひ來りし蒙古勢
今は天下の一大事と諸國の面々立ちあがり
この日本を異賊奴に何とて奪はることやある
牙をかみ歯金をならしていきりたつ
龜山上皇伊勢に祈り給へば不思議や神風
今こそは我等が東條英機を相模太郎とうちたて、
紅毛必らず打ち取りてこの神國の土とならむ

我、才うすければひたすらにみがくはこの床
我、身を屈してみがくは大和に通ふ床
我が心しきりに焦らだつも
我が心しきりに憤りにみちてあれども
動亂の中に深く屈して床をみがかん
耐へてゆかん耐へてゆかん
乏しさに目をつりあげて荒々に物云ふことなく
焦だたしさ裂けんばかりの動亂の中にありても
静かにこの大和に通ふ床のために祈らん

남쪽 바다는 불을 뿜는다
우리의 거친 영혼도 모르게 무엇을 지껄이는가 양키족

지금에사 660년 그 옛날을 생각한다
궁노(弓弩)를 쏘며 징을 울리며 쳐들어온 몽고세력
지금은 천하 큰일로 모든 지방이 면면이 일어나
이 일본을 이적(異賊)놈들이 어떻게든 뺏으려 한다
어금니를 물고 강철을 울리며 격분한다
가메야마(龜山)천황이 이세에 기도하자 불가사의한 일과 신풍
(神風)이
지금이야말로 우리들 도조 히데키*를 전투대장으로 내세우고
붉은 머리털 반드시 잘라내어 이 신국의 땅이 되게 하자

나, 재능이 적어 오로지 닦는 것은 이 마루
나, 몸을 굽히고 닦는 것은 일본으로 통하는 마루
우리마음이 자주 초조해져도
우리마음이 자주 격분에 차있더라도
전쟁 중에 깊이 무릎을 꿇고 마루를 닦지 않으면 안 된다
참아야한다 인내해야한다
부족한 눈을 치켜뜨고 황황히 말하지 말고
분주함과 격렬함 뿐인 전쟁 중에도
조용히 이 일본으로 향하는 마루를 위해 기도하자

---

* 도조 히데키(東條英機): 일본 제국의 군인이자 정치가로 1941년 10월 18일부터 1944년
7월 18일까지 일본의 제40대 총리를 지냈으며 태평양 전쟁을 일으킨 전범으로 손꼽힌다.

『一九四二年 大東亞戰爭特輯號』

1942. 2

獅港

佐藤清

ジヨホール水道を走る
鉄舟群に信號は上がり、
獅港は、今、最後の苦悶を始めた。

碧玉をながす印度洋を越へ、
アラビアの端でそれを聞いてゐるアデン、
紅海の熱砂のあらしの中で、
白熱して聞いてゐるアリギザンドリア、
ふるへるアフリカの空を見つめたま、、
鼓動をしづめて聞いてゐるマルタ、
いくたびかおびえ、おびやかされながら、
尚も二つの大陸を見張りつ、
逆上を押ししづめて聞くジブラルタア、
ビスケーの浪に、
チャンネルの霧はしづみ、
廢墟のやうな
テムズの岸に、

싱가폴항

조호르물길*을 달린다
철선 무리들에게 신호를 울리고
싱가폴항은 지금 최후의 고민을 시작했다

파란 인도양을 넘어
아라비아 끝에서 그것을 듣고 있는 아덴**
홍해의 뜨거운 모래폭풍우 속에
격렬하게 듣고 있는 알렉산드리아
흔들리는 아프리카 하늘을 올려다 본채
고동을 진정시키고 듣고 있는 몰타
몇 번인가 두려움에 위협당하며
게다가 두 번이나 대륙을 지키며
분노를 가라앉혔다는 지브롤터
비스케(ビスケ-)***의 파도에
채널제도(channel Islands)의 안개는 가라앉고
폐허(廢墟)처럼
템즈강 기슭에

---

* 조호르물길(ジョホール水道): 말레이시아반도 남단의 도시 조호르바르와 싱가폴간에
  있는 해협.
** 아덴(Aden): 예멘의 홍해 입구에 있는 항만 도시로 예멘의 경제 중심지.
*** 비스케(Bay of Biscay): 북대서양의 일부로 이베리아반도의 북쪽해안에서부터 프랑스
  서해안에 접해있는 만(湾).

ウエストミンスタアの鐘は泣き、
破られたビグ・ベンの針は動かず、
生へて久しい路傍の草も離々として、
防空の足に蹂躙される、
バンク、ホルボン、オツクスフオード・ストリート、
世界のはしばしへ配電する
緊張に擦り切れる神經の中に
今、胸をしめ上げてくる苦悶を
聲を呑んでかくさうとするブリテン、
一念よりも早い飛電を
興奮にまぎらして聞かうとせぬニユーヨーク、
痙攣するトロント、バンクーヴアー、サンフランシスコ、
いたでを受けて、更に、耳を疑ふホノルル、
失神の三歩手前でくるはしいバタビア、
狼狽して悲鳴を揚げるアウストラリア、
遙か、マダカスカルの向う、
さかまき流れるレギユラス海流のはしに、
ほのかに、おのゝいてゐる美しいケープタウンー

かくて、マラツカの淺黒い汐は
洗禮の役目を果たして、
眞諭の喇叭を吹きすますやう
最後の苦悶を洗ひ去つた。

웨스트민스터의 종은 울고
부서진 빅뱅의 바늘은 움직이지 않고
자란지 오래된 길가의 풀도 흩어지고
방공의 발걸음을 유린당한다
방콕, 홀본, 옥스포드 스트리트
세계의 여기저기에 배전(配電)한다
긴장감에 끊어진 신경 속에
지금, 가슴을 옭죄어오는 고민(苦悶)을
소리를 삼키고 숨기려하고 있는 브리튼
일념보다도 빠른 번개를
흥분에 얼버무리고 들으려하지 않는 뉴욕
경련하는 토론토, 밴쿠버, 샌프란시스코
중상을 입고, 더욱이 귀를 의심하는 호놀룰루
실신 삼보 앞에 미칠 것 같은 바타비아
낭패감에 비명을 지르는 오스트레일리아
멀리 마다가스카르 건너
용솟음쳐 흐르는 규칙적인 해류 끝에
어렴풋이 전율하고 있는 아름다운 케이프타운

그리하여 말라카의 옅은 검정색 해류는
세례의 역할을 다하고
놋쇠 나팔을 다 불은 듯
최후의 고민을 씻어내 버렸다

★
見よ、目にくつきりと残る背景、
今、大きく廻轉する世界の舞臺に
立ちすくむ悲運の双生兒――
チヤーチルとルーズヴエルトを、
彼は悔恨のおもい鉛を飲んで、
これは慚愧の汗をかぶつて、
言葉なく
大西洋の岸に立つてゐる、
右手と左手を固く結んだくさりは
大蛇のやうに兩斷されて。

★

보라, 눈에 확실하게 남은 배경
지금 커다랗게 회전하는 세계의 무대에
선채 꼼짝 못하는 비운의 쌍생아--
처칠과 루스벨트를
그는 회한의 무거운 납을 삼키고
이것은 참괴의 땀을 뒤집어쓰고
말도 없이
대서양 벼랑에 서있다
오른손과 왼손을 단단히 묶은 쇠사슬은
커다란 뱀처럼 양쪽이 단절되어

宣戰の日に

金村龍濟

仰ぎ見れば神々の玉麗はしく
すでに二千六百の星とはなれり
いのちの黄金の絲に結ばれて
天の極みに神々しく輝けり
大君のしろしめすこの國なれば！

いま一億の一つの手の上に親しく
また永遠の一つの玉は捧げられたり
熱き血潮のろつぽに鍛へられて
正義の劔は心寒く光れり
玲妙なる玉を曇らす震あれば！

ああ、二千六百一年十二月八日！
歴史の母は大いなる試練の火を生みたり
かしこくも詔拝戴く感激の光榮
我らよく祖國と平和の敵を撃つべし
大君のしこのみ楯願みはせじ！

目をつむれば地平線の彼方に水平線のはろばろに
戰ふ神々の姿感謝の涙と共に浮かべり
目を開けば銃後の街に野に歌燃えて
明日の戰列へ進む足どりは鋼鐵を流したり
ああ、國をあぐる宣戰のこの日守りは固く！

선전의 날에

우러러보면 신들의 구슬 아름답고
이미 이천육백 별이 되었네
생명의 황금 실로 맺어져
하늘 끝에 숭고하게 빛나리
천황이 통치하는 이 나라!

지금 일억이 하나의 손위에 사이좋고
다시 영원한 하나의 구슬은 바쳐졌네
뜨거운 혈조의 도가니에 단련되어
정의의 검은 서늘하게 빛나리
맑게 울리는 묘한 구슬을 흐리는 우레!

아아-이천육백일년 12월 8일!
역사의 어머니는 큰 시련의 불씨를 낳았네
황공하게도 천황의 조서를 받은 감격의 광영
우리들은 조국과 평화의 적을 무찔러야 하니
천황의 방패가 되어 돌아보지 않으리!

눈을 감으면 지평선 저쪽 수평선 멀리
싸우는 신들의 모습 감사의 눈물과 함께 떠오르네
눈을 뜨면 후방의 거리와 들판에 노래 솟아오르고
내일의 전열로 나아가는 발걸음은 용맹스럽네
아아- 나라를 높이는 선전의 이날 굳게 지키리!

支那の血を吸ひ印度の骨を碎きし者よ
ハワイの眞珠を奪ひフイリピンの娘を犯せる者よ
今また我が神國を侮り窺ふ痴人の夢見るか
汝等米英帝國主義を問ふ審判の曉に
殷々たる太平洋の砲聲は最後の言葉を發せり！

ああ、聖戰の旗風火花を散らして征くところ
亞細亞十億の眠れる獅子亦起たんとする！
空や裂かん海や呑まんこの歌は
太平洋の波やがて美しき東洋の鏡と晴れるまで
人類を救ふ神々の子は死すとも尚やまじ！

중국의 피를 마시고 인도의 뼈를 부순 자여
하와이 진주를 뺏고 필리핀 딸을 모독한 자여
지금 다시 우리 신국(神國: 일본, 역자주)을 깔보고 노리는 바보
꿈을 꾸는가
너희들 미영제국주의를 묻는 심판의 때
점차 태평양의 포성은 최후의 말을 뱉으리!

아아─성전의 깃발 바람에 불꽃을 튀기며 가는 곳
아시아 십억의 잠든 사자, 다시 일어나려하네!
하늘을 찢고 바다를 삼킨 이 노래는
태평양의 파도, 결국은 아름다운 동양의 거울로 밝게 할 때까지
인류를 구하는 신들의 자손은 더욱 죽음도 불사하지 않으리!

英東洋艦隊擊滅の歌

百瀬千尋

前に後に編隊つづき身に泌みて今日爆音のしたしみおぼゆ

雲を衝き暖風衝きて征くところ命鴻毛のしづにゆたけし

高射砲彈の炸裂耳を突くごとしラアンタン沖の暑きみ空に

艦板にまさしく炸く投彈のひとつひとつを見極めて過ぐ

旗艦ウエルスを呑みて鎮まる海の上まさに男子の胸すく思ひす

泰佛印との締盟成りて御稜威のもと大東亞戦争の緒戰かがやく

영국 동양함대 격멸의 노래

앞으로 뒤로 편대 이어지고 몸에 배이니 요즘은 폭음에 친근
함을 느끼네

구름을 밀고 훈풍이 밀고 가는 곳 목숨은 깃털과 같이 가볍고
비천하며 풍요롭구나

고사포탄 작열 귀를 찢는 것 같네 란탄해의 뜨거운 하늘에서

전함 갑판에 무섭게 터지는 투하탄 하나하나를 끝까지 지나서

기함(旗艦) 웰즈를 삼키고 잠잠해진 바다 위는 정말 남자의 가
슴을 후련하게 하는구나

태국과 인도차이나 결맹 맺으니 천황의 위광아래 대동아 전쟁
최초의 전투 빛나네

異土

鄭芝溶

낳아 자란 곳 어디거니

묻힐 데를 밀어 나가쟈

꿈에서 처럼 그립다 하랴

따로 진힌 고향이 미신이리

제비도 설산을 넘고

적도 직하에 병선이 이랑을 갈제

피였다 꽃처럼 지고 보면

물에도 무덤은 선다

탄환 찔리고 화약 싸아 한

충성과 피로 곯아진 흙에

싸흠은 이겨야만 법이요

씨를 뿌림은 오랜 믿음이라

기러기 한형제 높이 줄을 맞추고

햇살에 일곱식구 호미날을 세우쟈

梅の實

杉本長夫

梅の實はたわゝに着けり
この日頃雨晴れの空
梅の實はつぶらに色づかんとす
今日も老媼は一日
弓なせる背にもたゆまず
長き竿うち振りて
梅をたゝけり
竿の動きは遅けれど
燃ゆる眞情の腕に籠りて
はたはたと竿なり響き
その音の山にこだまし
はらはらと梅は落つ
うちふりて　うちふりて
たゆみなきその姿
梅ほして送らばや
戰へる將兵のもとに届けばやとて
黄昏の陰翳のうちに
仰ぎては打ち梅をとる。

매화열매

매화열매는 낭창낭창 달리고
이즈음 비 또는 개인 하늘
매화열매는 동그랗고 귀엽게 물들려 한다
오늘도 노파는 하루 종일
활처럼 휜 등에도 게으름 없이
긴 장대를 흔들어
매실을 친다
장대의 움직임은 더디지만
솟아오르는 진심 팔에 깃들고
따닥따닥 장대 휘두르는 소리
그 소리 산에 메아리치고
우수수 매실은 떨어진다
세게 흔들고 또 흔들며
쉬지 않는 그 모습
매실을 말려 보내야지
전투하는 장병에게로 보내야지 하고
황혼이 드리운 사이에도
올려다보며 두드려 매실을 딴다

神の弟妹

兒玉金吾

―大東亞戰の勢頭マレー戦線にて散華せし小野久繁君(前京幾中学教諭)の霊におくる―

○

彼の部屋に
入りて歩兵伍長勲×等の
写眞の彼に額づきにけり

○

行つて來る皆によろしくと
驛から
寄せしが最後の便りとなりぬ

○

中支那の戦野に三年
歸還して
三月ふたたび勇みて征きしが

○

書いて見たらどうかと言へば
大いに書くと
彼の答へし戦争文學

○

詳報はなけれど
○○敵前上陸の
際かと言ひて黙せる弟

신의 남동생 여동생

-대동아전의 전세 말례-전선에서 산화한 오노히사시게루군(전 경기중학교 교사)의 영혼에 바친다-

○

그의 방에
들어가서 보병 하사 훈장 × 등급의
사진 속 그에게 머리를 숙인다

○

"다녀오겠다 모두에게 안부를"
역에서
건넨 말이 마지막 인사가 되었다

○

중부 중국의 전야에 삼년
귀환해서
세달 만에 다시 용기 내어 출정하지만

○

적어보면 어떻겠느냐 하니
대략 적는다면
전쟁문학이라는 그의 대답

○

상세한 보고는 없었지만
○○적진상륙의
즈음이라고 침묵하는 남동생

　　　　　○
この四年、母の身罷り父の逝き
長兄を靖國に
おくりし子らなり
　　　　　○
美丈夫の友にさも似て
麗はしき
妹の頰をながらゝ泪
　　　　　○
手をつきて別れを述べぬ
靖國の
神の弟神の妹に
　　　　　○
彼を語り
彼の愛せし文學を
語らん——夜われら集ひて
　　　　　○
今日よりはたゞにあるべき
千早振る
護國の鬼の友なり我は

○

이 무렵 4년, 어머니 아버지 돌아가시고
큰 오빠를 야스쿠니에
모시는 사람이 되었네

○

미남인 친구와 너무도 닮아
아름답구나
여동생의 빰을 타고 흐르는 눈물

○

바닥에 손을 짚고 이별을 고하네
야스쿠니의
신의 남동생 신의 여동생에게

○

그를 말하고
그가 사랑하는 문학을
우리들 모여서 하룻밤 이야기하자

○

오늘부터는 그저 단순히 있어야할
치하야를 혼든(千早振る-마쿠라코토바로 여기서는 護國の鬼를
수식, 역자주)
나는 호국영령의 친구 되었네

『一九四二年 三月號』

1942. 3

首

柳致環

十二月의 北滿, 눈도 안오고
오직 萬物을 苛刻하는 黑龍江 말라빠진 바람에 헐벗은
이 적은 街城 네거리에
匪賊의 머리 두 개 높이 내걸려 있도다
그 검푸른 얼굴은 말라 少年같이 적고
반쯤 뜬 눈은
먼 寒天에 模糊히 저물은 朔北의 山河를 바라고 있도다
너어 죽어서 律의 處斷의 어떠함을 알었느뇨
이는 四惡이 아니라
秩序를 保全하려면 人命도 鷄狗와 같을수 있도다
惑은 너의 삶은 즉시
나의 죽엄의 威脅을 意味함이 었으리니

힘으로써 힘을 除함은 또한
먼 原始에서 이어온 피의 法度로다
내 이 刻薄한 거리를 가며
다시금 生命의 險烈함과 그 決意를 깨닫노니
끝내 다스릴수 없던 無賴한 넋이여 冥目하라!
아아 이 不毛한 思辨의 風景우에
하늘이여 恩惠하여 눈이라도 함박 내리고 지고.

길

李庸岳

여듧 구멍 피리며 안즈랑 꽃병
동구란 밥상이며 상을 덮운 힌 보재기
안해가 남기고 간 모든 것이 고냥 고대로
헤여지는 슬픔보다는
한때의 빛을 먹음어 차라리 휘휘로운데

새벽마다 뉘우치며 깨는것이 때론 외로워
술도 아닌 차도 아닌
뜨거운 백탕을 홀홀 다이며 참아 어질게 살어보리
안해가 우리의 첫 애길 업고
먼 길 돌아오면
내사 고혼 꿈 딸아 횃불 밝힐까
이 조그마한 방에 푸르른 난초랑 옴겨놓고
나라에 지극히 복된 기별이 있어 찬란한 밤마다
숫한 별 우러러 어찌야 즐거운 백성이 아니리

꽃닢 헤칠사록 깊어만지는 거울
호올로 차지하기엔 너무나 큰 거울을
언제나 똑바루 앞으로만 대하는 것은
나의 웃음속에
우리 애기의 길이 티여있길래

孔雀

呂尚玄

우수수 꼬리를 떨면
여울물살 쏟아지는소리 무지개를 이루고

좌르르 꼬리를 펴면
佛祠, 印度의 華麗가 아린거린다

日曜日 散步를 나온 누으런 兵丁이 한명
이 조고마한 異彩를 한동안 노리고 있다.

『一九四二年　四月號』

1942. 4

野にて

楫西貞雄

或はこの野邊に死ぬかも知れない
だが　墓に柳はいらない
野には背丈をしのぐ雑草があり
時に獅猛にして愚直なる狼達が吼え
牙の如き三日月がかがやく
私がこの野邊に倒れたならば
此等雄心勃々としてしかも埋もれた仲間たちが
私を圍み　喰らひ　照らしてくれるであらう
私はその中に莞爾として大の字となり
野末の白骨とならう
私の墓に柳はいらない

들판에서

어쩌면 이 들판에서 죽을지도 모르네
그러나 무덤에 버드나무는 필요 없다네
들판에는 키를 능가하는 잡초가 있고
때때로 사나운 사자나 우직한 늑대들이 으르렁거리고
어금니 같은 초승달이 빛나네
내가 이 들판에 쓰러졌다면
이처럼 용감한 마음 용솟음치고 게다가 곁에 묻힌 동지들이
나를 둘러싸고 비추어 줄 테지
나는 그 속에서 빙그레 웃으며 대자가 되어
들판가의 하얀 백골이 되겠지
나의 무덤에 버드나무는 필요 없다네

紛*雪

川端周三

なにもかもが光をおさめて
もとの光源にかへつた姿だ
夢に起つた出来事かも知れぬ
皎皎　瞳瞳
この色彩に目もくらみ
つきつめた場所におのれを追ひ込む
あゝ、虚無に捧げられた人間の歴史が
ひしめきもだえ
粉々　亂れて散つてくる
この美しい無駄のうちから
時を籍りて
おれはどんな繪巻をつくればいいんだ
どどどどと　遠い奥どに雪崩るる響き

가랑눈

모든 것이 빛을 담고
원래의 빛 속으로 돌아간 모습이다
꿈에서 생긴 일 일지도 모른다
교교히* 애애하게**
이 색채에 눈이 멀어
막다른 장소에 스스로를 몰아넣는다
아아―허무하게 바쳐진 인간의 역사가
요란법석을 떨며 괴로워하다가
산산조각으로 흩어져 온다
이 아름다운 헛됨 속에서
시간을 빌려서
나는 어떤 그림책을 만들면 좋은 것일까
와르르르 멀고 깊숙한 곳에 눈이 무너지는 소리

---

* 교교(皎皎): 달이 썩 맑고 밝거나, 희고 깨끗한 모습 또는 매우 조용한 것을 말한다.
** 애애(皚皚): 서리나 눈 따위가 내려서 하얀 모양

合唱について

金鍾漢

君は　半島から来たんぢやないですか
道理で　すこし變つた貌をしてゐると思つた
でも　そんな心細い想ひをすることはないですよ
ほら　松花江の上流からも　はろばろ
南京の街はづれからも　来てゐるではないか
スマトラからも　ボルオネからも　いまには
重慶の防空壕からも　やつて来るでせう
では　みんな並んで下さい──　おお
砲口のやうだ　整列した・ロ・ロ・ロ・ロ・ロ・ロ・ロ
それは　待つてゐる　待ちあぐんでゐる
タクトの指さす方向へ　未来へ
やがて　聲の洪水が發砲されるでせう
くりひろげられた　煙幕のやうに
餘韻は渦巻いて　渦巻いて流れるでせう

합창에 대하여

당신은 조선에서 오지 않았소
어쩐지 조금 다른 얼굴을 하고 있다 생각했소
그래도 그렇게 불안하게 생각 할 것 없소
보시오 송화강의 상류에서도 멀리
남경의 변두리에서도 와 있지 않소
수마트라*에서도 보루네오**에서도 지금쯤은
중경***의 방공호에서도 찾아 올 것이요
그러면 모두들 나란히 서주시오 오오
포문 같소 정렬되어진 포구
그것은 기다리고 있소 애타게 기다리고 있소
지휘봉이 가리키는 방향으로 미래로
머지않아 소리의 홍수가 발포될 것이오
터뜨려진 연막처럼
여운은 소용돌이쳐 소용돌이쳐 흐를 것이오

---

* 수마트라(Sumatra): 인도네시아 서부 제2의 큰 섬으로 세계에서 6번째로 큰 섬이다.
** 보루네오(Borneo): 말레이 제도의 중앙부에 있는 섬. 세계에서 세 번째로 큰 섬으로, 북부는 말레이시아에, 남부는 인도네시아에 속한다.
*** 중경(重慶): 중국식으로는 충칭이라 칭하며 중국 남서부 및 쓰촨 성[四川省]의 경제·문화 중심지이자 최대 도시. 양쯔 강[揚子江]을 말한다.

このステエジの名を　君は知つてゐる
このステエジの名を　私も知つてゐる

ほら　タクトが上つたではないか　指揮刀のやうだ
(もはや　私には云ふべき言葉がない)
ただ　歌ふことだけが殘されてゐる　聲を限りに
ただ　歌ふことだけが殘されてゐる

　　　　　　　　-詩集『一枝について』抄

이 무대의 이름을 당신은 알고 있소
이 무대의 이름을 나 또한 알고 있소

보시오 지휘봉이 올라가지 않았소 지휘도처럼 말이요
(이제 나에게는 할 말이 없소)
다만 노래 부를 일만이 남아 있소 목청껏
다만 노래 부를 일만이 남아 있소

　　　　　　　－시집『하나의 가지에 대해』초록

『一九四二年 五・六月合併號』

1942. 5・6

風俗

金鍾漢

街をあるいてゐると
とつじよ、天のひとすみから
おひるのさいれんが鳴りだした
お祈りのときがきたのだ

くづれかかる波かしらのやうに
くるまも人も、あざやかに立ちとまる
お祈りをささげるために
お祈りをささげるために

京城といふ都が
ひとつの大きな心臓となつて
合掌もしてゐるやうな
つづましい、このひとときを

풍속

거리를 걷고 있자니
돌연 하늘 한 귀퉁이에서
한낮의 사이렌이 울리기 시작했다
기도의 순간이 온 것이다

무너지기 시작한 높은 파도처럼
차도 사람도 완벽하게 멈춰서있다.
기도를 드리기 위해
기도를 드리기 위해

경성이라는 도시가
하나의 커다란 심장이 되어
합장이라도 하고 있는 듯
조심스런 이 한때를

遠いいくさのにはでは、花びらのやうに
火を吐いて散つてゆく一機もあるだらう
そして、ふるさとへ歸る英靈たちは
あたらしい、この風俗にほほゑむだらう

柳の銀座でも見られない
むろん、京にだつてありやしない
みれえの繪よりも、さらにおくぶかい
このひとときのつつましさを

さうごんな伴奏ででもあるかのやうに
なほも、さいれんは鳴りわたつてゐる
お祈りのための子守唄のやうに
なほも、さいれんは鳴りわたつてゐる

먼 전쟁터에서는 꽃잎처럼
불을 뿜고 떨어져 가는 한 대의 비행기도 있겠지
그리고 고향에 돌아가는 영혼들은
새로운 이 풍속에 미소 짓겠지

버드나무 늘어진 긴자(銀座)에서도 볼수 없다
물론 교토에도 없다
밀레의 그림보다도 더욱 심오한
이 한때의 조심스러움

그렇다 이런 반주라도 있나 싶게
사이렌은 더욱 울려 퍼지고 있다
기도하기 위한 자장가처럼
더욱 사이렌은 울려 퍼지고 있다

鶯の歌

川端周三

雪の見ゆる山は寒く霞み、
疎林に陽は薄く、
ゆきずりの風ににじむ、
封じられた冬の頁の重たい匂ひ。
理屈なんて遙か下の方にたなびき、
ただ神の如き至純の歌が、
紫色の暗い谿底から、
寫樂色の天體を逆さにしたやうな深みから、
かはるがはる響いてくる、
鶯が啼いてゐる。
樹々ははげしく芽吹き、
荒々しい程に濃ゆい霧が湧きあがつてくる。
日の在りかを求めるやうに、
渓流はもう一度上流を、
私は冬の方をみかへり、
そこからまぶしく輝やきながら氾濫してくる

휘파람새의 노래

눈이 보이는 산은 차가운 안개가 끼고
소림(疎林)에 태양빛은 엷게
스쳐지나가는 바람에 번진다
봉해진 겨울 한 페이지의 무거운 향기
그럴듯한 이론 같은 것은 멀리 제쳐두고
단지 신과 같은 순결한 노래가
보라색 어두운 골짜기 바닥에서
사악색(寫楽色) 천체를 거꾸로 해놓은 듯한 깊이에서
차례로 울려온다
휘파람새가 울고 있다
나무들은 일제히 싹이 트고
격렬할 정도로 진한 안개가 피어오른다
마치 해를 찾듯이
계류는 다시 한 번 상류를
나는 겨울을 돌아보니
거기에서부터 눈부시게 빛나면서 범람해온다

自然も黙してゐられない
私も歌ひたいのだが、
ああ、鶯が啼いてゐる

ひとびとはふるさとを忘れてゐるのか
否、はげしく復歸を渴望してゐる。
大陸に戰車が疾走し、
荒鷲は南海になだれ打ち、
この霧が流れあがらなくとも
私にはよく解つてゐることなのだが、
もどしかく、

言葉は迂回してそれに近づかれない。
古い人間の搖籃にあつたと同じく、
かつての私の日であつた歌。
雲のやうに懐かしく、
かくれたるものを日の中に齎らし
時に血のごとく、火のごとく、
又波のひき際に似た靜けさで、
いつでも歲月を不在にし、
若々しい精神を表現する、

자연도 잠자코 있을 수 없다
나 역시 노래하고 싶지만
아아-휘파람새가 울고 있다

사람들은 고향을 잊고 있는 것일까
아니, 간절하게 복귀를 갈망하고 있다
대륙에 전차가 질주하고
사납고 힘센 독수리(전투기, 역자주)는 남쪽바다에 한꺼번에
밀어 닥친다
이 안개가 걷히지 않아도
나는 잘 알고 있지만
다시 적는다

말은 우회해서 그것에 접근하지 못한다
옛날 인간의 요람에 있었던 것과 같이
일찍이 나의 태양이었던 노래
구름처럼 그립고
남몰래 태양속에서 가져오니
때때로 피처럼, 불처럼
또 파도가 물러날 때를 닮은 고요함으로
언제나 세월을 정하지 않고
젊은 정신을 표현한다

鶯
ああ鶯
鶯が啼いてゐる。

油と火に
眞黒となつて兵士は戰塵をあげてゐる。
民族のかをすを覗き、
耐えられぬまでに高められた獻身の決意が、
あらゆる對立を破り、

創造の泉として在る民族の血へ、
今、大いなる氣力となつて殺到してゐるのだ。
この哀しい歸鄉は、
醜い戰術を匿してゐるのではない。
たゞのますらを振りではない。
もののあはれでもない、
純一無垢、

悲劇の精神を根とした開花の何といふ美しさ！
極みなく、はかなく、
ほこりかに空氣を充たし、
ああ鶯が啼いてゐる。

휘파람새
아아--휘파람새
휘파람새가 울고 있다

기름과 불로
시커멓게 되어 병사는 전장에서 먼지를 일으키고 있다
민족의 카오스를 들여다보며
억제할 수 없는 고귀한 헌신의 결의가
일체의 대립을 깬다

창조의 원천인 민족의 피에
지금, 위대한 힘이 되어 쇄도하고 있는 것이다
이 애처로운 귀향은
보잘 것 없는 전술을 숨기고 있는 것이 아니다
단순히 마스라오부리*만은 아니다
모노노아와레**만도 아니다
순진무구

비극의 정신을 뿌리로 한 개화란 얼마나 아름다운가!
한없이 끝없이
자긍심으로 대기를 채우고
아아-휘파람새가 울고 있다

---

* 마스라오부리(ますらお振り): 상대(上代)시대 만요슈(万葉集)의 가풍(歌風)으로, 남성적이고 대범하며 솔직하고 소박한 가풍을 말한다.
** 모노노아와레(もののあわれ): 헤이안(平安)시대의 중요한 문학적 미적 이념으로, 자연이나 인간 세상에 관한 무상한 느낌이나 애수를 의미한다.

『一九四二年 七月號

1942. 7

幼年・徴兵の詩

金鍾漢

ひるさがり、
とある大門の外で、そこの坊やが
ぐライダアを飛ばしてゐた
それが五月の八日であることも
この半島に、徴兵が布かれた日であることも
識らないらしかつた、ひたずら坊やは
エルロンの糸を捲いてゐた
☆
やがて、十年が流れるたらう
すると、彼は戦闘機に乗組むにちがひない
空のきざはしを一坊やは
ゆんべの夢の中で昇つていつた
繪本でみたよりも美しかつたので
あんまり高く飛びすぎたので
青空のなかで寝小便した

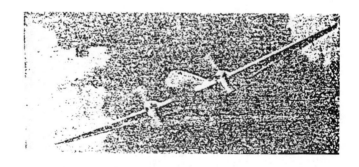

유년 · 징병의 시

정오가 좀 지난 무렵
어느 대문 밖에서 그 집 어린아이가
글라이더를 날리고 있었다
그것이 5월 8일이라는 것도
이 반도에 징병이 발포된 날이라는 것도
모르는 것 같았다 오로지 아이는
글라이더의 보조날개 줄을 감고 있었다
      ☆
머지않아 십년이 흐르겠지
그러면 그 아이는 전투기에 탈 것이 틀림없다
하늘 계단을 ---아이는
어젯밤 꿈속에 타고 있었다
그림책에서 본 것보다도 아름다워서
너무 높이 날아올라서
파란하늘 속에서 야뇨를 했다

☆
ひるさがり、
とある大門の外で、ひとりの詩人が
坊やのグライダアを眺めてゐた
それが五月の八日であり
この半島に、徴兵の布かれた日だつたので
彼は笑ふことが出來なかつた
グライダアは、彼の眼鏡を嘲つて
光にぬれて、青瓦の屋根を越えて行つた

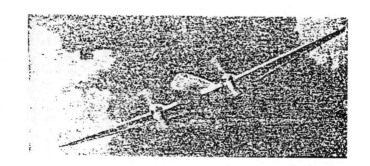

☆

정오가 좀 지난 무렵
어느 대문 밖에서 한 시인이
아이의 글라이더를 바라보고 있었다
그것이 5월 8일로
이 반도에 징병이 발포된 날이어서
그는 웃을 수가 없었다
글라이더는 그의 감정을 조소하고
빛에 젖어 파란 기와지붕을 넘어 갔다

あつき手を擧ぐ

徵兵の詩・中野鈴子

都會、町、部落、
何處にも
朝鮮の人たち滿ち溢れ
働き　た丶かひ
生活を打立て

話す言葉　國語正しく
われら朝夕
親密濃く深まりつ丶
出征、入營を送る折々には
先んじて旗振り、萬歲を叫ぶ
朝鮮の人たち

朝鮮の人等
手に力こもり、唇は叫びつ丶

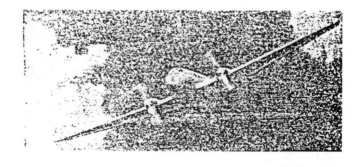

열정적인 손을 드네 · 징병의 시

도회, 읍내, 부락
어디에도
조선인들 넘쳐나
일하고 싸우고
생활을 굳건히 세우네

사용하는 국어(일본어, 역자주) 올바르고
우리들 아침 저녁
친밀함이 더욱 깊어만 지네
출정, 입영을 보내는 때마다
앞장서 깃발을 흔들며 만세를 부르는
조선 사람들

조선 사람들
손에 힘을 주고 입으로 외치며

心の底に撤し得ぬものがあるならん
常にわれかく思ひ　心沈みし

今
朝鮮に徴兵制布かる

こ丶ろ新たに
あつき手を擧ぐ

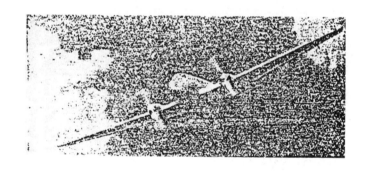

마음 속에 철저하지 못한 것이 있을리 없네
항상 우리들 이런 생각으로 마음에 사무치네

지금
조선에 징병제가 발포되었네

마음을 새로이 하여
열정적인 손을 드네

鯉・徴兵の詩

李庸海

鯉たちは　黙してゐた
夕ぐれ
うすやみの　いでゆの静謐のなか

生温い　かぜが木々をめぐり
雨あとの地に
ひら　ひら
白い范は　すはれていつた

みづ面にひかれた　わたしの影は黒く
手にした紙片の　特號活字が
無數の光となつて　よみがえり
まつかな空へ放射していつた
――朝鮮同胞に徴兵令

鯉たちは　うごき出した
尾をはたき　鰭うちふつて泳いでいつた
新しい郷愁へ
大きく　大きく　流れをつくつた

잉어 · 징병의 시

잉어들은 잠자코 있었다
해질 녘
어스레한 온천의 평온함

미지근한 바람이 나무 사이로 불고
비온 뒤의 땅에
하늘하늘
하얀 꽃은 물을 빨아들여 갔다

물 표면에 비친 나의 모습은 검고
손에 쥔 종잇조각의 특호(特號) 활자가
무수한 빛이 되어 되돌아와
새빨간 하늘에 방사되어 갔다
---조선동포에게 징병령

잉어들은 움직이기 시작했다
꼬리를 흔들며 지느러미를 흔들며 헤엄쳐갔다
새로운 향수에
커다랗게 커다랗게 물결을 만들었다

『一九四二年 八月號』

1942. 8

闖入者

杉本長夫

今宵　われめづらしく
ほのかなる春のほかげに
小さきものゝいのちを知れり

糸くづの風に舞ふごと
季節とともにかへり來し
あるかなきかの幼なきいのち

いついづこより訪なひて
吾が憩いの窓をくゞりて
吾が心のしゞまを驚かす者ぞ

침입자

오늘밤 나는 신기하게
희미한 봄빛에
어린 생명을 알게 되네

실 보무라지 모양으로 흩날리는 것
계절과 함께 돌아와
있는 듯 없는 듯 한 그 어린 생명

언제 어디에서부터 와서
나의 휴식의 창을 빠져나와
나의 마음의 침묵을 깨우는 자여

切に烈しきさまの姿なし
あらゆる喜びに先がけし
あやしき夜の歌に舞ふ
あるやなしやの蛾の生命
避け難く　慰め難き
宿命の言葉ぞかよふ

右　左　高く低く
いとあわき春のほかげに
醉ひはて、ひとり舞ひ舞ふ
小さきものゝいのちなりけり

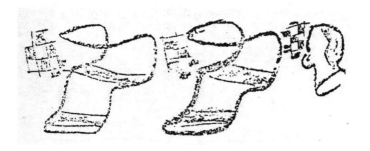

절실함으로 격렬한 모습 없이
온갖 기쁨에 앞장서서
괴이한 밤 노래에 춤추네
하찮은 나방의 생명
피할 수도 위로할 수도 없는
숙명의 말이 오가네

오른쪽 왼쪽 높고 낮게
매우 옅은 봄빛에
취해 혼자 춤을 추네
어린 생명이어라

『一九四二年　拾月號』

1942. 10

笛について

麦滋

笛を吹くと
夕暮か　一つづつ
風船玉のやうに　飛んで行つた

寂しい町の空に
悲しい屋根の上に
故里色の羽翅を残して　飛んで行つた

それは
蝶の様な　甘い花粉を散らし
それは
海の様な　遠い響きを傳へた

一少年は　笛を収めて
胸一ぱい　母の乳房を吸ひ込んで
海の方へ　海の方へと
石榴の様な　町へ歸つたー

피리에 대해서

피리를 불면
저녁놀이 하나씩
풍선처럼 날아갔네

쓸쓸한 거리 하늘위로
슬픈 지붕 위로
고향색 새털을 남기고 날아갔네

그것은
나비처럼 달콤한 꽃가루를 퍼트리며
그것은
바다처럼 먼 울림을 전했네

-소년은 피리를 담아 넣고
가슴가득 어머니의 젖을 빨고
바다 쪽으로 바다 쪽으로
석류처럼 마을로 돌아왔네-

くもと空

則武三雄

毎日見てゐる夕暮である
空には同じくもであり
同じ山並　一本の木立が
遠くに見える
ただ一人の白衣の人が立つてゐる
が十日許り降らなかつた雨の降つた後は
なんと大氣の身に沁みることだらう
實に青いさやを附けた葵豌豆
向日葵の様に大きく見える春菊の黄
それが四邊を拂つてゐる
露を留めてゐる
土の褐色の色も匂はしい位だ
すべてがしつとりとしてゐる
風が吹く
僕の生をぬぐつてゆくやうに
しつとりとした前庭だ
十四圓の家賃であり
孔德町の泥坂の上にあるのに
花が散つて逝つた後のらいらつくがあり
五尺も枝をのばしてゐる蔓ばらもある

구름과 하늘

매일 보는 저녁놀이다
하늘에는 여느 때처럼 구름이 있고
여느 때처럼 늘어선 산에 한줄기 나무들이
멀리 보인다
오로지 한사람 백의를 입은 사람이 서있다
십일 정도 내리지 않았던 비가 내린 후
얼마나 대기에 스며들었을까
열매로 파란 비단을 걸친 듯한 완두콩
해바라기처럼 크게 보이는 춘국의 노랑
그것이 사방에 흩어져있다
이슬을 머금고 있다
흙의 갈색도 향기가 날 정도다
모두가 촉촉하다
바람이 불고
나의 생을 닦고 가듯이
차분한 앞마당이다
14원의 집세에
공덕마을(孔德町)의 진흙언덕위에 있지만
꽃이 지고 난 뒤 라일락이 있고
오척이나 되는 가지를 뻗치고 있는 넝쿨 장미도 있다

子供を携へて出た隣家の主婦もゐる
二十二歳の人
健康な農家の娘であつたことがまだその擧措に残つてゐる人だ
此の生活
今この地にあつて三十歳の我が生活の中に
この數年の生活の中にあるもの
この夕方　僕はなにかに感謝してゐる
雀が啼く
ちゆくちゆくちゆくちゆく
洗濯したての様な聲
石鹸の匂ひがする様な
崖下では子供がぶらんこしてゐる
なにか話してゐる
あくびしてゐる
しづかに跳躍してゐる
これは神のやうな清明であり
天使の様なすがすがしさだ
此の様に天の下に一人立つてゐたやうに感じたこともなく
静謐に包まれて在るを
感じ取つたこともない
すべてが僕を神にする
僕はこんなに良い人になつて良いのだらうか

아이들을 데리고 나온 이웃집의 주부도 있다
스물두 살로
건강한 농가의 딸이었다는 것이 아직 그 행동거지에 남아있는
사람이다
이 생활
지금 이 땅에서 서른 살 나의 생활 중에
근래 수년의 생활 속에 있는 것들
이 저녁 나는 무엇인가에 감사하고 있다
참새가 운다
쨋 쨋 쨋 쨋
빨래를 막 끝낸 듯한 목소리
비누 향기가 풍기는 듯하고
언덕아래에는 아이가 그네를 타고 있다
무엇인가 이야기하고
하품을 하고
조용히 도약하고 있다
이것은 신과 같은 청명(淸明)함이고
천사와 같은 깨끗함이다
이처럼 하늘아래 홀로 서있는 듯 느낀 적도 없고
평온함에 싸여 있음을
알아차린 적도 없다
모두가 나를 신으로 여긴다
나는 이처럼 좋은 사람이 되어도 좋은 것일까

我家の萵苣よ春菊よ朝鮮白菜よ茄子よ
心やさしい綠の葵豌豆は
つやつやした五粒の果が透いてゐる
風が吹く
空がゆれてゐる
柿の葉が搖れてゐる
まだ明るい空にどこかに歸つてゆく二羽の鳥よ
もう夜になるのだらう
きみたちは夕づつを呼びにゆくのか

우리 집의 쑥이여, 춘국이여, 조선 배추여, 가지여
부드러운 초록색 완두콩은
반질반질한 다섯 알갱이의 열매가 보인다
바람이 분다
하늘이 흔들리고 있다
감잎이 흔들리고 있다
아직 밝은 하늘에 어딘가로 돌아가는 두 마리의 새여
이제 밤이 되는 거겠지
너희들은 초저녁 금성(金星)을 부르러 가는 것일까

ゴムの歌

朱永渉

眞晝の机の上に
南洋から來たといふ
ゴムの樹が一本立つてゐる
小刀で刻むとゴム液が流れるといふ
未だ青い幹と
大きな楕圓形の葉が鈴蘭のやうに並んで
遠い夢を　呼んでゐる

眞晝の狭い街角で
子供たちが遊んでゐる
南洋から歸つて來た
ゴムマリをカーッぱい投げて―
赫い土に跳躍する　ゴムマリよ
碧い空を飛翔する　ゴムマリよ
南洋の眞白い　傳説よ
天を翔けよ
高く高く
東洋の若く深い　蒼空を―

고무의 노래

한낮 책상위에
남양에서 보내왔다는
고무나무가 한그루 있네
주머니칼로 잘라내면 고무액이 흐른다고 하네
아직 파란 줄기와
커다란 타원형 잎이 은방울꽃처럼 줄지어
먼 꿈을 부르고 있네

한낮의 좁은 길모퉁이에서
아이들이 놀고 있네
남양에서 보내온
고무공을 있는 힘껏 던지며---
붉은 흙에 솟구치는 고무공이여
파란 하늘로 날아오르는 고무공이여
남양의 새하얀 전설이여
하늘을 날아라
높이 높이
동양의 젊고 높은 파란 하늘을

白い壁一っぱいに擴がる
太平洋の波
馬來産れのゴムの樹の緑の葉ッぱが
熱風を　ゆすぶる
スコールを　呼び招く
南洋航路の事務室の午後
窓の外を流れる　白い雲は
今日も　晴天である

하얀 벽 가득히 퍼져가네
태평양의 파도
말레산 고무나무의 초록색 잎이
열풍을 뒤흔드네
스콜을 불러오네
남양항로의 사무실의 오후
창밖에 흘러가는 하얀 구름은
오늘도 맑은 하늘

出生讃

渡邊克己

さんらんと　よろづの花びら
さんらんと　舞ひ
日輪は昇る
ひかりはそゝぐ

ああ五彩のテープが
みだれる　とぶ
この時　この世界を
五彩にうづむる

妙なる音　妙なる聲
この世ならぬ　みづうみの
うららなる　さゞなみのごと
耳はふるふ　心はふるふ
あめつちの　神々の

かなづる樂の音
唄ふよろこび
あめつちを限りなく
今こそつゝめり

출생예찬

찬란한 모든 꽃잎
반짝반짝 춤춘다
태양은 뜨고
햇빛은 내리 쬐인다

아아－오색의 테이프가
흐트러져 날아간다
이 시간 이세계를
오색으로 뒤덮는다

이상한 소리 이상한 목소리
이세상이 아닌 바다의
명랑한 잔물결처럼
귀는 울리고 마음은 떨린다
천지의 신들이여

연주하는 악기의 소리
노래하는 기쁨
전 세계를 무한히
지금이야말로 에워싸노라

あな　一つのいのち
こよなき　この時　この瞬間
生れたり　生れたり
一つのいのち　生れたり
日輪はのぼる
ひかりはそゝぐ
よろづの花　散りしくこの時
一つのいのち　わが腕に　生れ出でたり

아아— 하나의 생명
각별한 이때 이 순간에
태어나고 태어나노라
하나의 생명 태어난다
태양은 뜬다
햇볕은 내리 쬐인다
수많은 꽃 떨어지는 이때
하나의 생명 내 팔에 태어난다

ふるさとにて

城山昌樹

水車ひねもすめぐる
ふるさとの小川のほとり
裸なるわらべらつどひ
たわむれに日暮もわすれ
たのしげにさゞめき合へり
なにもせでかゝるゆふべを
われはまた河原をあるき
水車めぐれる小屋の
水車めぐれるかげに
くれなゐにひともと咲きし
撫子の笑めるを見つけ
ひそかにも君をおもへり
遠き日の遠きわがかげ
遠き日の君がおもかげ
むねぬちにいまよみがへり
水車めぐれる音も
水車の音にはあらず
われもまたわれにはあらず
たまゆらはしゞまに浸り
暮るる日に身をばまかせり

고향에서

수차(水車) 온종일 돌고
고향 시냇가에
벌거숭이 아이들 모여
놀이에 저녁 해 지는 것도 잊고
서로 즐겁게 웃고 떠드네
아무것도 하지 않고 어젯밤을 보내고
나는 다시 강가 모래밭을 걷네
수차가 돌아가는 오두막집
수차가 돌아가는 그늘에
잇꽃 한그루 피고
패랭이 미소 짓는 것을 발견하고
가만히 너를 생각하네
머언 날의 먼 내 모습
먼날 너의 모습
가슴속에 지금 다시 되살아나
수차 돌아가는 소리도
수차 소리가 아니고
나도 또한 내가 아니고
잠깐 동안 침묵에 잠겨
저무는 날에 몸을 맡기네

登山者

尼ヶ崎豐

人煙 遠く隔てたるところ
雪白の峻峰目指して邁く
それは三人の登山者であつた

押へ難き憧憬に心馳られつつ
傳説の禁断を却け
恐怖を打越え
一歩々々と辿る
靜寂の境

意識せざる美しき倫理は
三人の體を
一條のザイルに繋ぎ合ひ
氷を碎き
岩を穿ち
ひたすらに高きを求めて攀ぢゆく
見よ
その瞳に祟き光盈ち
その胸に高邁の気漲る

등반가

인적 멀리 떨어진 곳에
백설의 험준한 봉우리를 향해 간다
그것은 세 사람의 등반가였다

억누르기 힘든 동경으로 마음은 달려가고
전설의 금단을 물리치고
공포를 극복하며
한발 한발 더듬어 간다
정적의 경계

의식하지 않을 수 없는 아름다운 윤리는
세 사람의 몸을
한 조의 자일로 서로 연결해
얼음을 부수고
바위를 뚫고
오로지 높은 곳을 향해서 등반해간다
보라
그 눈동자에 숭고한 빛이 가득차고
그 가슴에 고매한 기운이 넘쳐난다

噫　ここにいま
一切の俗塵を去り
莊かなる自然の懷に歸らうとする
三人の登山者よ
軈て　おんみらの努力は
峰々から妖しき魔者の幻を消し
深き淵々からは傳説の恐龍の影を斷つであらう

아아- 지금 여기에
일절의 속세 먼지를 털고
엄숙한 자연의 품에 돌아가려고 한다
세 사람의 등반가여
드디어 그대들의 노력은
봉우리의 요사스런 악마의 환상을 지우고
깊은 심연의 전설속의 공룡 환영을 끊겠지

『一九四二年 拾壹月號』

1942. 11

秋の囁き

金村龍濟

神農のとびらが静かに開かれて
十月の風がさやかに秋の聲を告げると
空高く流れる雲の光が
地上の黄金の暦に驚いて雁を呼んだ
牧場の馬が木魂をさせて尾を振ると
山鳥の末つ子があわてて巣立つて行つた

わが秋を収める樂しきなりはひに
氣の勇んだ男たちがたかだかと語らひながら
手足を洗ふ夕陽のほとりに
食ひ足りぬ利鎌がぴかぴか光つてゐた
蟲の樂隊がすずしく鳴つてゐた
野菊の花がほのかに月を待つてゐた

嫁行く前の娘たちの瞳には
まるまる肥えた大根の白さも
ぴちぴち跳ねる魚のはだかも可笑しかつた
うひ産を競ふ若妻たちの帯の間には
まるで兵隊さんの勲章のやうに
その日のしめ縄を目出度くかざるため
粒えりの赤い唐辛がそつと隠されてゐよう
ころころと笑ひがこぼれては
ひそひそと噂の波紋が描かれて行つた

가을의 속삭임

신노(神農)*의 문이 조용히 열리고
10월의 바람이 선명하게 가을을 고하고
하늘 높이 흘러가는 구름의 빛은
지상의 황금 달력에 놀라 기러기를 부르네
목장의 말이 산울림을 만들고 꼬리를 흔들면
막내 산새가 놀라서 둥지를 차고 날으네

우리의 가을을 수확하는 즐거운 생업에
기운이 용솟음 친 남자들이 소리 높여 서로 이야기하며
손발을 씻는 저녁 무렵에
성에 차지 않는 낫이 반짝반짝 빛나고 있네
벌레악대가 상쾌하게 울고
들국화가 희미하게 달빛을 기다리고 있네

시집가지 않은 여인의 눈동자에는
동글동글 살찐 무의 하얀색도
팔짝팔짝 뛰는 물고기의 몸도 우스꽝스럽네
초산(初産)을 경쟁하는 젊은 아내들의 허리에는
마치 병사들의 훈장처럼
그날의 금줄을 경사스럽게 장식하기 위해
잘 고른 빨간 고추가 살짝 감춰져있겠지
깔깔깔깔 웃음이 넘쳐서는
소곤소곤 소문의 파문이 그려져 가네

---

* 신노(神農): 고대 중국 전설에 등장하는 황제. 많은 사람에게 의료와 농경의 기술을
가르쳤다고 하여 의약과 농업을 관장하는 신으로 모셔진 인물.

また吉日の夜ともなれば
新穀の餅をささやかにふるまふ
古きならはしの「安宅」のまつりごとにも
先づ皇軍の武運長久を祈る老婆たちよ
ひえびえと澄んだ淨水の器には星たちが宿つてゐた
ほのぼのと温い部屋では坊やたちが眠つてゐた

叺織る長き夜の縱繩に
なつかしき夜話の穂がつがれて行つた
古風な軍記の讀み本になぞらへて
我が子らの軍門に立つ日がもどかしかつた
若者に讓らぬ老人たちの針なみは
貯水池の眞鯉をすくふのだと網を編んでゐた

今晩も區長さんの家の大廳では
なごやかに常會が開かれて
この冬の戰ひがかれこれ計畫されてゐた
影繪のやうに黙つてゐた庭木の上で
「おれはもつと甘く熱れるため
きびしい霜が浴びたいのだよ」…
月のやうに圓い柿の實が
柿のやうに黄色い月と囁いてゐた

（亞細亞詩集第五十七篇）

또 길일 밤이라도 되면
햅쌀 떡을 조촐하게 대접하네
오래된 풍습의 집안의 무탈을 비는 제사에도
먼저 황군의 무운장구를 기도하는 노파들이여
차갑고 맑은 정수 그릇에는 별들이 머물러있고
어슴푸레 따뜻한 방안에는 아이들이 잠들어있네

가마니 짜는 긴 밤 새끼줄에
정겨운 밤 이야기 이삭이 달려가네
고풍스런 군기의 요미혼*을 본받아
우리 아이들이 군에 입대하는 날이 더디게 느껴지네
노인들은 젊은이에게 뒤지지 않는 바느질 솜씨로
정수지의 잉어를 잡는다고 망을 짜고 있네

이 밤도 구장 집 대청에는
화목한 반상회(常會)가 열려
올 겨울 일들을 여러 가지 계획하고 있네
그림자처럼 잠자코 있는 정원수 위에서
"나는 더욱 달고 잘 익기 위해
혹독한 서리를 맞고 싶은 거예요"…
달처럼 동그란 감 열매가
감처럼 노란 달과 속삭이고 있네

(아시아집 제57편)

---

* 요미혼(讀(み)本): 에도(江戸) 시대 후반기 소설의 하나로 전기적이고 교훈적인 소설

池田助市挽歌並返歌

川端周三

野づらのひかりうなばらなし

ちりひぢの身もかがやく大いなる日に

名をし立つべきわかびとの

かひなくみまかりてはやもひととせ

くらき昏睡のうちにとだえしきみが寐息に

みはてざりしゆめのみかゞやき

ときじくやすいしありや

ぬれつばめの軒になきかひ

めわらべが手花火まさをく消ゆる

袗雞なく夜の魂まつり

みづぐものかげそらに浮きいで

かなしみにくずるるかぜあり

かなしみにたふすべ知らねば

ときのいろむなしく過ぐるなつ花の

しろきをむしり歯にかめば

なぐまぬこころのかげか

とのぐもるむらやまをこえ

おともなきいなづま疾しる

　　返歌

迎火の燃えおつ闇に雨にほふ

지전조시만가 및 반가

들판의 빛 넓은 대양 이루고
하잘것없는 몸도 빛나는 커다란 날에
이름을 세울만한 젊은이들의
애쓴 보람도 없이 죽은 지 벌써 한해
어두운 혼수상태에 단절된 너의 잠든 숨소리에
이루지 못한 꿈만이 빛나고
계절을 불문하고 고이 잠들어라
비에 젖은 제비 처마에 울고
여자아이들의 작은 불꽃*조각을 남기고 꺼진다
벼슬세운 닭이 우는 밤 영혼의 축제
물거미 모습 하늘에 나타 나
슬픔에 무너지는 바람이 있고
슬픔에 어찌할 바 몰라
한때의 빛 허망하게 끝나는 여름 꽃의
줄기를 뜯어 이로 씹으면
가라앉지 않는 마음의 그늘인가
흐려진 구름 산을 넘어
소리 없는 번개 빠르다
　　　반가(返歌)
무카에비** 불타오르니 칠흑어둠에 비의 정취 풍기네

---

* 데하나비(手花火): 지노 끝에 화약을 비벼 넣은 작은 꽃불인 센코하나비(線香花火)를
말한다.
** 무카에비(迎火): 우란분(盂蘭盆)의 행사의 하나로 조상의 혼백을 영접하기 위해 문전
에서 피우는 불

『一九四二年 拾貳月號』

1942. 12

決意の言葉
大東亞戰爭一周年を迎へて

寺本喜一

さつと冷水を浴びる
ばんばんと拍手
日本の家の朝は拍手から初まる
拍手はりんりんとして朝もやを破る
拍手は世界を叱咤する日本の聲だ
十二月八日以來拍手は私の心の號令となつた
世界中が私の二つの手の中に入つて
發止とばかりにくだけてしまふのだ
靖國の神々よ願はくは照覧したまへ
今日もきつと命がけでやります
黙禱の號笛がなり出した
車も人もはつとして立ちどまつた
日本の家の正午は黙禱の中にある
あゝ日本の黙禱が全世界にぐんぐんひゞきわたる
私の心は茫として大いなる日本についてゆく
アリューシャン・マダガスカル　大西洋
あゝ日本の黙禱は全世界の騒音を粉碎した
私の心は深遠なる海洋の底に沈んでゆく
眞珠港　シドニの港　ソロモンの海に
黙禱の號笛はなりおはつた
あゝ私の心は冴々として幼子の如くなる
後半日もきつと命がけでやらう

결의의 말
대동아전쟁 1주년을 맞이하여

좌악- 냉수를 끼얹는다
탁탁- 박수
일본인 집의 아침은 박수에서 시작된다
박수소리 쩌렁쩌렁하게 아침 안개를 깨뜨린다
박수는 세계를 질타하는 일본의 소리다
12월 8일 이래 박수는 나의 마음의 호령이 되었다
세계가 나의 두 손안에 들어와
탁하고 부서져버리는 것이다
야스쿠니의 신들이여 원컨대 굽어 살피소서
오늘도 반드시 목숨 걸고 하겠습니다
묵도의 사이렌이 울리기 시작했다
차도 사람도 놀라서 멈춰 섰다
일본인 집의 정오는 묵도 속에 있다
아아-일본의 묵도가 전 세계에 쭉쭉 울려 퍼져간다
나의 마음은 멍해져서 위대한 일본을 따라간다
알류산·마다가스카르 대서양
아아- 일본의 묵도는 전 세계의 소음을 분쇄했다
나의 마음은 깊고 먼 해양 바다에 잠겨간다
진주만 항구 시드니 항구 솔로몬 바다로
묵도의 사이렌은 다 울렸다
아아- 나의 마음은 상쾌해져서 어린아이 같아진다
오후 반나절도 반드시 목숨 걸고 하자

決意
大東亞戰爭一周年を迎へて

杉本長夫

ながい師走の夜をついて
東天が希望の日輪をかゝげた
昭和十六年の日は八日
ひとびとがをさへがたい感情と責任に
をもはず襟を正した大みことのり
この日よりあの街角にこの道に
人目をうばひ去つた大戰果
わが皇軍のゆくところ
秋の落葉のやうに散り伏せし敵
かれらの道と
われらの道を
この一歳の月日が雄辯に物語つた
たとへ氷のやうにきびしい苦難が
われわれの行方をふたごうと
火のやうに盛んな邪惡が
われわれの視野を焦さうと
この高い理想と榮光の軌道を侵しえない
われわれの目ざした最後のものを
かちえるひまで
この一歳に世界の知つた
堅く忍んで貫ぬいた
すめらみたみのちからを示顯さう

결의
대동아전쟁 1주년을 맞이하여

긴 음력섣달 밤을 뚫고
동쪽하늘이 희망의 태양을 떠올렸다
쇼와 16년(1941년) 날은 8일
사람들이 억누르기 힘든 감정과 책임으로
뜻하지 않게 옷깃을 바르게 한 천황의 말씀
이날부터 저 길목에 이 길에
사람들의 이목을 빼앗아 간 대전과(大戰果)
우리 황군의 가는 곳
가을 낙엽처럼 흩어져 엎드린 적
그들의 길과
우리의 길을
이 한 살의 세월(1년)이 웅변으로 말한다
설령 얼음처럼 혹독한 고난이
우리들의 갈 곳을 막을지라도
불꽃처럼 왕성한 사악이
우리들의 시야를 애 태워도
이 높은 이상과 영광의 궤도를 방해하진 못한다
우리들이 목표하는 최후의 것을
쟁취할 그날까지
이 일년으로 세계가 알았다
굳게 참고 관철하였다
황국 국민의 힘을 나타내자

待機

再來・十二月八日

金鐘漢

雪がちらついてゐる
しんみりしづかに　雪がちらついてゐる
そのなかを　ききとして　きみたちは
いもうとよ　またいとこよ　おとうとよ
まなびやへと急いでゐる
ながいながい　昌慶苑の石垣づたひ
雪がちらついてゐる

しんみりしづかに
雪がちらついてゐる　ちらついてゐる
おとうとよ　またいとこよ　いもうとよ
それはふりかかる　きみたちのかたに
たわわな髪の毛に　ひひとして　やぶれ帽子のうへに
十ねんわかくなつて　わたくしも
きみたちと　足なみをそろへてゐる
雪がちらついてゐる

대기
다시 맞은 12월 8일

눈이 흩날리고 있네
차분히 조용하게 눈이 흩날리고 있네
그 속을 기쁘게 너희들
여동생이여, 또 사촌이여, 남동생이여
학교로 서두르고 있네
길고 긴 창경원의 돌담을 따라
눈이 흩날리고 있네

차분히 조용하게
눈이 흩날리고 있네 흩날리고 있네
여동생이여, 또 사촌이여, 남동생이여
그것은 떨어져 내리네 그대들 어깨에
낭창한 머리카락에 소복소복 계속 쌓이네 찢어진 모자위에도
10년 젊어져 나도
그대들과 발걸음을 나란히 하네
눈이 흩날리고 있네

たしか　きよねんの十二月八日にも
雪がちらついてゐた　あれから一年
たたかひはパノラマのやうに
みんなみの海へひろげられていつた
そしてきみたちは　ごはんのおいしさをおそはつた
またいとこよ　いもうとよ　おとうとよ
きみたちのうへに　雪がちらついてゐる

雪がちらついてゐる
ながいながい　昌慶苑の石垣づたひ
かくも季節のきびしさにすなほな　きみたちに
あへてなにをか　いふべき言葉があらう
雪がちらついてゐる　しんみりしづかに
いもうとよ　またいとこよ　おとうとよ
雪がちらついてゐる　きみたちの成長のうへに
ひひとして　雪がちらついてゐる

아마도 작년 12월 8일에도
눈이 흩날렸었네 그로부터 1년
전투는 파노라마처럼
남쪽의 바다로 펼쳐져갔네
그리고 그대들은 맛있는 밥맛을 배우게 되었네
또 사촌이여, 여동생이여, 남동생이여
그대들 위에 눈이 흩날리고 있네

눈이 흩날리고 있네
길고 긴 창경원의 돌담을 따라
이렇게 계절의 혹독함에 솔직한 그대들에게
일부러 무슨 할 말이 있겠는가
눈이 흩날리고 있네 차분하고 조용하게
여동생이여, 또 사촌이여, 남동생이여
눈이 흩날리고 있네 그대들의 성장 위에
펄펄 눈이 흩날리고 있네

『一九四三年 壹月號』

1943. 1

曇徵

佐藤清

四方には花崗石を張りつめ、
鑿つぶしにそれを滑らかにして、
ぢかに四神の圖がかいてある。
仰げば、天井には、山そびえ、雲かけり、
天人むらがり、神仙遊び、
蓮華みだれ、鳳凰つばさを張つて、
奇怪な動物を招いてゐる。

平壤から十里を走り、
荒地のなかに車をとめて、
江西邑の古墳を見た夜、
私は鎭南浦のさびしい旅館で、
遠い法隆寺の本尊の光背のことや、
玉蟲厨子の密陀繪のことを思つたのであらう、
それらの繪があの古墳の天井の
雲の形や、忍冬や、唐草模様とまざり合つて、
花やかな一夜の夢を私に編んでくれた。

담징

사방에는 화강석을 붙이고
정으로 깨뜨려 그것을 매끄럽게 해서
거기에 사신(四神)의 그림이 그려져 있다
올려다보면 천정에는 산이 솟아있고 구름이 걸쳐있고
천인들이 떼를 지어 신선놀음
연꽃이 흩어져있으며, 봉황이 날개를 펴고
기괴한 동물을 부르고 있다

평양에서 십리를 달려
황무지 속에 차를 멈추고
강서읍(江西)의 고분을 본 날 밤
나는 진남포의 쓸쓸한 여관에서
먼 호류지의 본존(本尊)의 후광 장식과
옥충단자(玉蟲廚子)의 밀타화를 생각했을 것이다
그러한 그림이 저 고분의 천정에
구름모양이나 인동덩굴이나 당초문양과 서로 섞이어
화려한 하룻밤의 꿈을 나에게 엮어 주었다

目がさめても、平壤と、奈良や、飛鳥が
面影に立つやうに思へたが(不思議なことよ)
幼少の時き、覺えた名が
記憶の奥からほつかり浮んで來たのであつた。
…曇微！　高麗の僧、曇微！

――嬰陽王二十一年、
今渡航の準備を終へた曇微は
つよい要請に壓倒され、
荒い光にうねりを打つて、
さかまく海を見つめてゐる。
海のかなたの大和の國、海よりも
はげしい、その、文化への要望――
――十三年前新羅は鵲二羽、孔雀二羽を献じ、
――十一年前、百濟は、駱駝一頭、驢馬一頭、羊二頭、白雉
　　一羽を献じ、
――八年前、百濟は、暦年、天文地理、遁甲方術書を献じ、
――五年前、高麗は鑄佛のため黄金三百兩を献じたが、
更に、どんな文物、どんな書冊が求められ、
どんな佛師、繪師、博士、高僧が求められたであらう、
その熾烈な熱情は實に驚歎に價する。
(かしこには偉大な指導者、聖太子がおはすのだ)

잠이 깨어서도 평양과 나라, 아스카가
눈앞에 모습이 떠오르는 듯 생각되었지만(이상한 일이로다)
유년 때 들은 적이 있는 이름이
기억 속에서 불쑥 떠올랐던 것이다
…담징! 고려의 중, 담징!

---영양왕 21년
이제 막 도항(渡航) 준비를 끝낸 담징은
강한 요청에 압도되어
거친 빛에 물결치는
소용돌이치는 바다를 보고 있었다
바다 저쪽의 일본, 바다보다도
열렬한 그 문화의 요망---
---13년 전 신라는 까치 두 마리, 공작 두 마리를 헌사하고
---11년 전 백제는 낙타 한 마리, 당나귀 한 마리, 양 두 마리,
　　하얀 꿩 한 마리를 헌사하고
---8년 전 백제는 역년(曆年), 천문지리, 둔갑(遁甲)기술서를
　　헌사하고
---5년 전 고려는 주불(鑄佛)을 위해 황금 300량을 헌사 했는
　　데
특히 어떠한 문물, 어떠한 서책이 요구되고
어떤 불사, 화가, 박사, 고승을 원했던 것일까
그 격렬한 열정은 실로 경탄할만하다
(황공하게도 위대한 지도자, 성덕태자가 계신 것이다)

私も其の熱意に動かされ、
協力を誓つて行かうとするのだ。
(おゝ、學藝こそは眞に魂と魂を結びつけるものだ)
私も、五經を讀むだけが能ではない、
繪具を作り、紙を作り、墨作る術に長けてゐる、
繪筆も持てぬわけではない。
隋から、新羅から、百濟から、
雲の如く集まる藝匠たちと共に、
かしこに起らうとする新しい學藝のために、
身を棄てゝ一臂を添へる光榮を思へ。
印度、支那、朝鮮の手を經て、
傳へられた佛像、畫像の如く、
すべての學藝はかしこで醇化されるだらう、
名は殘らぬとしても、
萬古に生きる創作がかしこに殘るだらう、
そして眞に新しい東洋の光となつて、
再び我々のあひだに放射されるだらう、
(藝術に於ては、千年も一刻だ、一刻も千年だ)
おゝ、大いなる聲がきこえる、
偉大な藝術が私を招いてゐる、
私は行く！

나도 그 열의에 감동받아
협력을 맹세하고 가려고 하는 것이다
(오오-학예(學藝)야말로 실로 혼과 혼을 연결시키는 것이다)
나도 오경을 읽는 것만이 능사가 아니다
그림도구를 만들고 종이를 만들고 먹을 만드는 기술이 뛰어나다
그림붓이 없는 것도 아니다
수나라에서, 신라에서, 백제에서
구름처럼 모여든 장인들과 함께
황공하게 세우려하는 새로운 학예를 위해
자신을 희생하여 도움을 주는 광영을 생각하라
인도, 중국, 조선의 솜씨를 거쳐
전해진 불상, 화상처럼
모든 학예는 거기에서 순화되었을 것이다
명성을 남기지 않는다 해도
만고에 살아있는 창작이 거기에 남겠지
그리고 참된 새로운 동양의 빛이 되어
다시 우리들 사이에 퍼지게 될 것이다
(예술에 있어서는 천년도 일각(一刻)이고, 일각도 천년이다)
오오- 위대한 목소리가 들려온다
위대한 예술이 나를 부르고 있다
나는 간다!

『一九四三年　貳月號』

1943. 2

日月回歸

安部一浪

　むかし、延烏郎と細烏女の夫婦は巖に乘つて海をこえ、日本にわたつた。延烏郎は日の男神細烏女は月の女神であつた。それから朝鮮の山川は日暈あはく、月の淸光もなく、闇になり、世の中は亂れに亂れた。あれから幾千年、朝鮮は闇の中にそれでも蠢いて生きてゐた。墓壘を廻る春夏秋冬の明け暮れとてない單一の窄め垂れた灰色の霧の中、安逸の烟は長い煙管となり人々の指を黄色くし、また陰旋な歌聲は荒寥とした赫土色の樹のない山々を廻る水音と、長鼓の哀音に妙に和諧し、その昔、天官妓女への想慕を斷つた男の刄は、何時までも馬を斬ることなく、幾千萬日の時が流れた…。

　日月の眞像は眞赫にも色あきらけく、東から再び朝鮮に歸つてきた。幾千年、東に歩いてゐた神々の手よ足よ！人々曉に目覺め、月に思ひ、自由のまた無智のそれに懶惰の馬を斬り、こゝに、延烏郎と細烏女の生める子々孫々ら、手を取り合ひ、この國原に日の御民と今、漁り樵り土に生きてゐる。

　日月の神よ。神代より日本に在しまし齋きまつゝた天照すの大神は異國の神ではない、だがこの慶州の傳說に、いみじくも語り遺した神々は、わが宗祖神の神々の中に坐し、既にいま歸一し奉つてゐる。

일월(日月) 회귀

옛날에 연오랑(延烏郎)과 세오녀(細烏女) 부부는 바위를 타고 바다를 건너, 일본에 건넜다 연오랑은 해의 남신, 세오녀는 달의 여신이 되었다. 그로부터 조선의 산천은 구름이 해를 가리우고, 달의 맑은 빛도 없어져 어둠이 되어 세상은 혼란스러워졌다. 그로부터 수천 년 조선은 어둠속에서 그래도 꼼지락거리며 살았다. 산소를 회전하며 춘하추동 해가 뜨고 지는 것이 아닌 단지 움츠러 늘어진 회색 안개 속, 한가로운 연기는 긴 담배장대처럼 되었고, 사람들 손을 노랗게 하고, 또 음울한 노랫소리는 황막한 적토색 나무가 없는 산들을 도는 물소리와, 장구의 슬픈 소리에 묘하게 화해하고, 그 소리, 천관 기녀를 추억하고 그리워하는 것을 그만둔 남자의 칼날은 언제까지나 말을 베지 않고 수천만일의 시간이 흘렀다….

해와 달의 진상은 붉게 빛내며 동쪽에서 다시 조선으로 돌아왔다. 수천 년, 동쪽으로 걷고 있던 신들의 손이여 발이여! 사람들 새벽에 눈떠서, 달을 생각하고, 자유가 다시 무지의 그것에 나태의 말을 베고, 이곳의 연오랑과 세오녀의 자손들, 손을 마주잡고, 이 넓은 국토에 해의 국민과 지금 고기잡이 나무꾼으로 땅에서 살고 있다.

일월의 신이여, 신대부터 일본에서 계셔 신으로 모셔진 하늘을 밝히는 아마테라스 오미카미는 타국의 신이 아니다. 그러나 이 경주 전설에 매우 훌륭하게 전해져온 신들은, 우리 황조신들 중에 있어 벌써 귀일해서 모시고 있다.

いま、満洲もシベリヤも支那も印度も泰國も、また七つの
海に岸洗ふ國のすべてに、日月の神々は歩いてゆく。荒魂か
ら和魂と、光被洽く照り映えて、旭光の醜の軍艦の旗のご
と、七つの海の波濤をこえ東から日月の神々は進み歩いてゆ
く。

　　지금 만주도 시베리아도 중국도 인도도 태국도, 역시 일곱
바다의 벼랑을 오가는 나라 모두를 일월의 신들은 걷고 있다.
거칠고 사나운 영혼에서 야마토혼으로 영광을 입고 두루 비추
어 아침햇빛의 추악한 군함 깃발 모두, 일곱 개의 바다의 파도
를 넘어 동쪽으로 일월의 신들은 걸어가고 있다

若き師の歌へる

柳虔次郎

みほとけに　あらねど
おもほへば　ふしぎなるかな
はげしかるおほいなるこのときよに
このつちに
うまれあひて　われときみら
師とよばれ　弟子といふ
あたらしき　あすをあふぎて
ともにおき　ともにきたふる
そも　いかなるえにしにてはありし
あはれ
いつしんに　ひのまるかきゐるか　おかつぱ
あはれ
いつしんに　ひかうきこさへゐるか　パヂ

젊은 스승이 노래하네

부처는 아니지만
생각하면 이상하구나
격심하고 위대한 이 시대에
이 땅에
태어나 만난 나와 당신들
스승이라 불리고 제자라고 하네
새로운 내일을 우러러
함께 일어나고 함께 단련하네
도대체 어떠한 인연이 있어서
아아
열심히 히노마루(일장기) 새겨 넣는가 단발머리 소녀여
아아
열심히 비행기 만들고 있는가 톡톡

秋のしあはせ

柳虔次郎

ききやういろの
ふかくのみすみわたりゆく大空の下
ささやかなれど
かうしてことしも　つつがなく
生きてゐることを　しあはせにおもふ

★

わづかづつの
麥と大根ではあれ
あさゆふかかさず
いただけることを　しあはせにおもふ

★

どこへもゆかず
ふるさとにゐて
どつかりとゐて
しみじみと　のぢぎくなど
みらるるのを　しあはせにおもふ

★

稲の穂波　みのりわたり
みいくさは　勝ちすすむばかりだといふ
軒ごとにひのまるの立つ
銃後の秋
につぽんの秋に
かうして置物のやうに端然と座つてゐることを
しあはせにおもふ

가을의 행복

도라지색의
구름 한 점 없이 맑게 개인 높고 넓은 하늘 아래
보잘것없지만
이렇게 올해도 무사하게
살아있는 것을 행복하게 생각하네
★
아주 조금씩
보리와 무지만
아침저녁 거르지 않고
먹을 수 있는 것을 행복하게 생각하네
★
어디에도 가지 않고
고향에서
자리 잡고서
차분히 들국화 등을
볼 수 있는 것을 행복하게 생각하네
★
벼이삭 물결 여물어 펼쳐지고
성전(聖戰)은 이겨 진격뿐이라고 하네
처마마다 일장기 게양되고
후방의 가을
일본의 가을에
이렇게 허수아비처럼 단정히 앉아 있을 수 있는 것을
행복하게 생각하네

ある讀書兵

一色豪

彼は曾て大学の文科の學生だつたことがあつた
彼の會話にはインドゲルマニヤ語系の何れかの言葉が交るの
を常とした
彼は石鹸の匂ひのする清潔な文化の中にゐた
一時左傾もしたが多くはマンチエスターの商人流儀の思想に
影響された

支那事變が始まると間もなく
紅顔の彼は輸送列車の中でサイダーを飲んだりしてゐた

それからひどいいくさが續いた
彼の鳥籠の様な骨格は幾度か音をたてた
そのうちに少づゝ勁くもなつた
前齒が麥酒の栓拔の代わりになる様な百姓兵
隊と幾度か鐵砲を撃つたり泥河を渡つたりし
た

少しいくさが閑になつた
彼は出征後六ヶ月目の或晩
一晩寐なかつた　夜明けに涙を流した
彼はこの時日本の政治的運命をはつきり見出した
彼はこの時マンチエスターの商人流儀の思想に別れを告げた
彼は愉快だつた

어느 독서병

그는 일찍이 대학 문과의 학생이었던 적이 있다
그의 대화에는 인도 게르마니아어계 어딘가의 말투가 평상시
섞여있었다
그는 비누향이 나는 청결한 문화 속에 있었다
한때 좌익경향도 있었지만 크게는 맨체스터의 상인유파의 사
상에 영향을 받았다

중일전쟁이 시작 된지 얼마 안 되어
혈색 좋은 얼굴의 그는 유송열차 속에서 사이다를 마시거나 하
였다

그로부터 참혹한 전투가 이어졌다
그의 앙상한 골격은 여러 번 소리를 질렀다
그 사이 조금씩 강해져도 갔다
앞 이가 맥주의 병따개 대용이 되듯 농군(農軍)들과 몇 번인가
철포를 쏘거나 진흙 강을 건너거나 하였다

조금 전투가 조용해졌다
그는 출정 후 6개월째 어느 날 밤
하룻밤 자지 않았다 새벽녘에 눈물을 흘렸다
그는 이때 일본의 정치적 운명을 확실히 발견했다
그는 이때 맨체스터의 상인유파의 사상에 이별을 고했다
그는 유쾌했다

彼は岩波文庫の入つた風呂敷包をあたかも
出替の女中の様に下げながら駐屯地を移動した
支那家屋の冷えた煉瓦の上で
彼は本を讀んだ　そして水筒の水をゴクリと飲むのであつた

彼は知識を愛した
恐らく地球上の何時の時代の青年にも劣らず書物を愛した
彼はいくさも仲々巧者になつた
そして生命を惜まぬことは戰國の武士を思はせた

或日のいくさに彼はとうとう死んだ
或る部落の傍の小流の水際で顔を半分水につけたまゝ

ぼくはその兵隊を知つてゐる
そしてこの詩を讀んだ人の中にはぼくもそれによく似た兵隊
を知つてゐるといふ人が可成ゐるかも知れない

願はくは天下の讀書人諸卿よ
何時の日か靖國神社の社前に立たれる時
岩波文庫の入つた風呂敷包を持つて戰つて廻つた
無名の讀書兵に想を致されんことを

그는 이와나미(岩波)문고판이 들은 보자기를 마치
교대하는 하녀처럼 손에 들고서 주둔지를 이동했다
중국 가옥의 얼어붙은 연와 아래서
그는 책을 읽었다 그리고 수통의 물을 꿀꺽 마시는 것이었다

그는 지식을 사랑했다
아마 지구상의 어느 시대의 청년에게도 뒤지지 않게 책을 사랑
했다
그는 전투에도 꽤 능숙한 자가 되었다
그리고 생명을 아끼지 않는 점은 전국시대의 무사를 생각나게
했다

어느 전투에 그는 결국 죽었다
어느 부락 옆 실개천 냇가에 얼굴을 반틈 잠긴 채

나는 그 병사를 알고 있다
그리고 이 시를 읽는 사람들 중에는 나도 그것과 꼭 닮은 병사
를 알고 있다는 사람도 꽤 있을지 모른다

바라건대 천하 독서인 여러분이여
언젠가 야스쿠니 신사의 신전 앞에 섰을 때
이와나미문고가 들은 보자기를 가지고 돌아다니며 싸웠던
무명의 독서병에게 마음이 바쳐지기를...

征ける友に

芝田河千

君は征つた
赤いたすきをかけ
歡びの嵐とともに
雄々しく
何一つ措かないで
君の全身で召されて
み國に送られ
み國に向かひ
死とともに生きる偉大な嚴肅さの
戰ひの野へ
しつかりとした足取で
濶歩して征つた

君は　もう
銃の先に
劍の先に
み國の姿を見つめるだらう
み國は時を迎へ
君を包み
君はその中へ擴つて行くだらう
そして　カツカツと

출정하는 친구에게

그는 출정하였다
붉은 어깨띠를 두르고
기쁨의 폭풍우와 함께
용감하게
뭐하나 남기지 않고
자신의 온몸으로 부르심을 받아
일본에 보내져
일본으로 떠나네
죽음과 함께 살아가는 위대한 엄숙함의
전쟁의 들판에
확실한 발걸음으로
활보해 갔네

그는 이제
총구에서
칼날 끝에서
일본의 모습을 응시하고 있겠지
일본은 때를 맞아
그대를 감싸고
그대는 그 속으로 펼쳐 가겠지
그리고 뚜벅뚜벅하고

朝に
夕に
君の軍靴の音が
君を突抜けて
何處までも、何處までも
世界の涯までも
響いて行くだらう

僕は見る
すべてが皆やすんでゐる
深い眠りの中にも
きびしく光る君の眼と
數へきれない同じ眼とが
日本國中一ぱいになつて
この夜を
この國を
み守つて
支へて行くのを僕は見る

아침
저녁으로
그대의 군화 소리가
그대를 꿰뚫고
끝없이 끝까지
세계 끝까지라도
울려가겠지

나는 보네
모든 것이 전부 쉬고 있는
깊은 잠에 빠진 가운데에도
냉엄하게 빛나고 있는 그대의 눈과
셀 수 없을 정도의 똑같은 눈동자들이
일본 안에 가득 차서
이 밤을
이 나라를
지키고
떠받쳐 가는 것을 나는 보네

富士山に寄す

楊明文

あなたの聖なることが
あなたの頂きを歩いて
いま　わかりました

嘗て多くの詩人にうたわれしあなた
日本一と謠はれた富士あなた
霧を孕んだ噴火口を天に向つてあけ
天に向つて何をか宣言する姿

富士よ
あなたの嵩嚴を私は發見する
あなたの中腹以下をざわめく雷
遙か遠く低くたなびく入道雲
之らを見おろすあなたの聖姿
いま私はこの自然を　超越を
發見する、體驗する

あなたには超越がある
あなたには象徵がある

후지산에 부친다

당신의 신성함이
당신의 정상을 걷고서
이제야 알았습니다

예전부터 많은 시인에게 불리워진 당신
일본 제일이라고 노래해 진 후지 당신
안개를 품고 분화구를 하늘로 향해 벌리고
하늘을 향해 무엇인가를 선언하는 모습

후지산이여
당신의 숭고함을 나는 발견한다
당신의 중턱 아래에서 웅성대는 번개
아득히 멀리 낮게 깔린 인도(人道) 구름
이것을 내려다보는 당신의 성스런 얼굴
지금 나는 이 자연을 초월을
발견한다, 체험한다

당신에게는 초월이 있다
당신에게는 상징이 있다

刻々に變わるあなたの姿
嗟呼！たゞ偉大なる超越なるあなた
いま私はあなたを感ずる

この敷島に
富士よ　もしあなたがゐなかつたら
われら　あなたのかわりに
何をほころだらうか

あなたは常に偉宏です
そしてあなたをもつわれら
恒にあなたのようでありたい

群また群
列また列をなし
三七七六米の高きあなたの頂きに
訪れる　善男善女の群

遠き代々より流れし血潮を躍らせ乍ら
あなたをそしてあなたの靈氣に觸れるため

太平洋を見守るあなた
あなたは強く、美しく、正しい
私はいまそれをここで悟る

시시각각 변하는 당신의 모습
아아! 단지 위대한 초월이신 당신
지금 나는 당신을 느낀다

이 일본에
후지산이여! 혹시 당신이 없었다면
우리들 당신 대신에
무엇을 자랑했을까

당신은 항상 위대하고 훌륭하다
그리고 당신을 가진 우리들
항상 당신처럼 있고 싶다

무리 혹은 무리
열 혹은 열을 지어
3776미터 높이 당신의 정상에
방문한 선남선녀의 무리

먼 선조 때부터 흘러온 선혈을 고동치면서
당신을 그리고 당신의 영험한 기운에 접하기 위해

태평양을 지키는 당신
당신은 강하고, 아름답고, 바르다
나는 지금 그것을 여기에서 깨닫는다

富士よ
とはにその姿を來る世々に傳へよ
そして、あなたの背中に殘されたわれらの跡に
次の代々の子孫を歩かせよ

いま私はあなたの額を去り
都に降りるに際し
この詩をあなたに捧げる

후지산이여!
영원히 그 모습을 다가올 세세에 전해주오
그리고 당신의 등에 남겨진 우리들의 흔적에
다음세대의 자손을 걷게 하오

지금 나는 당신의 이마를 떠나
미야코*로 내려가면서
이 시를 당신에게 바친다

---

* 미야코(都): 천황의 궁궐이 있는 곳. 여기서는 도쿄를 말한다.

『一九四三年　參月號』

1943. 3

潮滿つる海にて

川端周三

とほくはるかなものが
なつかしみを誘なふやうに
くらげなし漂よふ海から
舞ひあがる鷗千羽
わたしの詩章やむだな彷徨
一度はすて丶かへりみなかつた
それらのものが
雲に染み
海鳥の白の羽音たくましく
わたしへ戻つてくるのだ
豊富な時間の奥から
うたひ熄むときない
若い民族のみなもとから
還つてくるものの何といふ根強さ
風のやうに上すべりせず
樹々のやうにわめかず
われわれの一念を
億年の色と重みの底に秘め
おほらかにうねりを打ちながら
音もなく満ちてくる潮

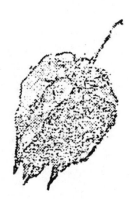

밀물 가득 찬 바다에서

멀리 아득한 것이
그리움을 부르듯이
해파리 무리지어 떠다니는 바다에서
날아오르는 갈매기 천 마리
나의 시장(詩章)이나 쓸데없는 방황
한번은 버리고 돌아보지 않았던
그러한 것들이
구름에 물들고
바닷새의 하얀 날개 소리 힘차게
나에게 돌아온다네
풍부한 시간의 깊숙이에서
노래하여 멈추는 때가 없네
젊은 민족의 근원에서
돌아오는 것은 얼마나 뿌리 깊은 것인가
바람처럼 스쳐 지나가지도 않고
나무처럼 아우성치지도 않고
우리들의 일념을
억년의 색과 무게의 바다에 감추어
느긋하게 파도를 치며
소리도 없이 차오르는 밀물

いつかの夜
霏々と降り積む粉雪の中に解きなやんだ
はげしい沈默の意味
ああそのこころを
白晝、あをみどろの潮のうねりが
はつきりとわたしに示すのだ

어느 날 밤
수북수북 내려 쌓이는 가랑눈 속에 풀지 못하고 고민하였다
격심한 침묵의 의미
아아— 그 마음을
한낮, 수면*의 밀물 파도가
확실하게 나에게 보여주는 것이다

---

* 수면(水綿): 녹조류(綠藻類)에 속(屬)하는 담수조의 총칭(總稱)

南進譜
―菅沼貞風を想ひて―

杉本長夫

平戸の空は晴れわたり
白狐山の城の趾
薊の花が潮風をよび
潮風に凧はひかれて
夢ふかき碧空に心ひかれて
ひようひようと糸は鳴り
雷ヶ瀬の波頭さかまく
はろばろ遠き凧の孤影に
少年のつぶらなる瞳は燃えて
はげしくその行方を追ひ
たそがれる空の奥の
ひとしらぬ未來を求め
少年は希望の歌に醉ふた

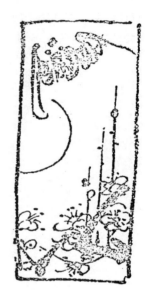

その日は流れて幾年か
彼は萬人の道を捨て、
決然と孤独のきりぎしに立つた
一つぶの生命は
蒼海の潮を超えて
あたらしき彼岸にいたらんとする

남진보
-스가누마 다다카제*를 기리며-

히라도(平戶)의 하늘은 활짝 개이고
핫코산(白狐山)의 성의 흔적
엉겅퀴 꽃이 바닷바람을 부르고
바닷바람에 연이 날리고
꿈에 잠긴 하늘에 마음이 끌려
피융 피융 하고 실은 울고
가미나리가세(雷ヶ瀬)의 물마루 소용돌이치고
멀리 아득히 먼 연의 고독한 모습에
소년의 동그란 눈동자는 타오르고
열렬히 그 행방을 쫓아
황혼 저녁의 하늘 깊숙이
사람들이 알지 못하는 미래를 쫓아
소년은 희망의 노래에 취하네

그날은 흘러 몇 년인가
그는 만인의 길을 버리고
결연히 고독의 벼랑에 섰네
하나의 생명은
파란바다의 밀물을 넘어
새로운 피안에 다다르려고 하네

---

* 스가누마 다다카제(菅沼 貞風): 일본의 경제가 및 남진론자(南進論者). 오쿠라쇼 관세
국(大藏省関税局)의 일본 무역사 편찬에 참여하여 옛날 번(旧藩)의 자료조사나 유적의
현지 확인하여 자료화 하였으며, 일본 대외 외교 무역사를 정리한 논문 '大日本商業史」
로 평가를 받았다. 남진론을 설파하며 실행하기 위해 필요한 현지 조사 목적으로 필리
핀에서 활동하다가 콜레라로 25세에 사망함.

この猛けき孤影の跡をみまもるもの
彼のまとふ榮光を不滅にきざむもの
信念が熱情の翼をつけて
萬里の涯をのぞんだ

その日
かれの雄圖を送るヨコハマの港は
白銀の霖雨にゆれて
解纜をつげる銅羅のひゞきが
決意のごとく波にひろがると
フランス船はをもむろに
祖國の岸壁をはなれた
長い忍苦と思念をあとに
フイリツピン行を決した貞風
しかも同行の日南は彼の理解者
いまこそ最後の瞳にうつる祖國の姿
なつかしい白壁の家々
古風な赤煉瓦の商館
古い柳のたゞずまひ
相より相想ひ彼を見送る森の木立

이 용맹한 고독한 그림자의 흔적을 지키는 자
그 둘러싼 영광을 불멸로 새기는 자
신념이 열정의 날개를 달고
만리 끝을 향하네

그날
그의 웅대한 계획을 배웅하는 요코하마 항구는
은백색 장맛비에 흔들리고
출항을 알리는 징소리가
결의처럼 파도에 퍼지니
프랑스 배는 천천히
조국의 물가 벼랑을 떠났네
긴 인고와 사념 뒤에
필리핀 행을 결의 한 스가누마
거기에 동행한 니치난(日南)*은 그의 이해자
지금이야말로 최후의 눈동자에 비친 조국의 모습
그리운 하얀 벽들의 집들
고풍스런 붉은 벽돌 상점
오래된 버드나무가 서있는
서로 의지하고 함께 생각했던 그를 배웅하는 숲의 나무들

---

* 후쿠모토 니치난(福本日南): 일본의 정치가이자 저널리스트. 남진론을 주장하여 홋카
이도(北海道)와 필리핀 식민지 사업에 힘을 씀. 1888년 뜻을 같이한 스가누마 다다카제
와 친교를 맺고 필리핀 마닐라에 스가누마와 함께 가지만, 스가누마의 사망으로 계획
이 중단되어 돌아옴.

霖雨は晴れてきた
新しい雲が水平線に群れてゐた
汽笛が鄉愁のやうに
人々の聲を求めた
うすれゆく山河をあとに
巍然たる貞風の姿
吾等のかぎりなきあこがれを
熱情で描いた先驅者
あゝ袂別の悲愴なひとゝきを
このひとゝきに籠る英傑の心情を
私はいまひしと抱きしめてみる

장맛비는 개어졌네
새로운 구름이 수평선에 몰려 있었네
기적소리가 향수처럼
사람들의 목소리를 갈구했었네
희미해져가는 산하를 뒤로
뛰어나게 위대한 스가누마의 모습
우리들의 한없는 동경을
정열로 그린 선구자
아아-작별의 비통한 한때
이 한때에 담긴 영웅호걸의 심정을
나는 지금 꽉 껴안아 보네

『一九四三年　五月號』

1943. 5

帝國海軍

佐藤清

沈勇、果敢、鐵の意欲が
精密機械よりも精密な腦髓を包んで、
我等の偉大なる海軍は行く。
長い、長い沈默を破り、
三千年の國力を傾けて、
今こそ我等の海軍は行く。
北はアリューシヤン、
南はガダルカナル、
西はマダガスカル
東はサンフランシスコに迫つた。
精密、剛膽、堅忍、果敢
一億絶對の信賴を負うて、
我等の偉大なる海軍は行く。
眞珠灣頭、特別攻擊隊、
凄絶！レンネル沖、ルンガ沖海戰
（斷じて行くものは鬼神も避く）
我等の偉大なる海軍は絶對である。

제국 해군

침용(沈勇), 과감, 강철의 의욕이
정밀한 기계보다도 정밀한 뇌수(골)를 감싸고
우리들 위대한 해군은 간다
길고 긴 침묵을 깨고
삼천년의 국력을 기울여
지금이야말로 우리들의 해군은 간다
북쪽은 알류산
남쪽은 과달카날
서쪽은 마다가스카르
동쪽은 샌프란시스코를 육박했다
정밀, 강담(剛膽), 견인(堅忍), 과감
일억 절대의 신뢰를 등에 업고
우리들의 위대한 해군은 간다
진주만 앞바다, 특별 공격대
처절한 렌넬(Rennell) 바다, 룽가해협 해전
(단호히 나아가는 자는 귀신도 피한다)
우리들 위대한 해군은 절대이다

『一九四三年 六月號』

1943. 6

朝鮮半島

井上康文

峭しく　奥深き山
圓らかに脈々と續く丘
満々たる水を湛える河江
廣漠たる畑と水田
縱斷する綠の大堤防

連翹、櫻、桃、ライラック
杏、李、躑躅、梨
萬朶の花の咲きさかる
朝鮮半島

既にして大陸の風貌ここにあり
そこに生くるものすべて、また
大いなる戰ひの中にあり
陸々たるは山岳、畑のみにあらず
戰鬪帽の青年の腕と胸に
逞ましき戰力漲り
英氣満てり

조선반도

험준하고 깊은 산
원만하게 맥맥이 이어지는 구릉
차고 넘치도록 물이 담긴 강하(江河)
광막한 밭과 논
종단하는 초록의 대 제방

개나리, 벚꽃, 복숭아, 라일락
살구, 자두, 철쭉, 배
수많은 꽃이 활짝 피는
조선반도

이전부터 대륙의 풍모 여기에 있고
여기에 사는 사람 모두 또한
위대한 전투 속에 있어
왕성한 기세는 산악(山岳), 밭 뿐만 아니라
전투모 청년의 팔과 가슴에
용감하게 전투력이 넘쳐흘러
영웅의 기운 가득하네

植林の松は若けれど
山は富み
赤土の畑は豊饒
収穫の大量はあげて
戰線に補給するといふ
兵站基地

この器、魚雷になると
長き生活の習はしに用ひたる
祖先傳来の眞鑄の器具を献納し
國民の誠を至す烈々の氣
徴兵制施かれて
神兵となる日を待つ男子
ああ、ここにあり
大兵力、大民力
朝鮮半島
いま萬朶の花咲きさかる

심어진 소나무는 젊지만
산은 풍성하고
적토의 밭은 풍요
수확의 양을 증산하여
전선에 보급한다고 하는
병참기지(兵站基地)

이 그릇, 어뢰가 된다고
오랜 생활의 습관으로 사용하던
선조 전래의 진주 세간도구를 헌납하고
국민의 진심을 다하는 열렬한 기운
징병제 실시되어
신병이 될 날을 기다리는 남자
아아─ 여기에 있네
대병력, 대국민력
조선반도
지금 수많은 꽃이 활짝 피네

漢江

則武三雄

春の水淺きにせきれいなどむれとべり
やはらかき岸邊に臥せば草青く
山もまた春日に霧らひ
浚渫船は動くともなし
わが心もまた白雲の如く彼方に渉らんとし
春の波はせきれいをあやしみて搏つ

戰さにゆきしわが友は
ここだく消息なし
また一人の友は既に故し
嘆くとにはあらねど
志　日に深ければ忘らへず
沙洲の色　水淺きに波搏てど
去歳の日は掬ひがたけれ
水鳥に
わが心もまた充たされて歸らんとす
日ざしあたたかき野邊をつたひて
春の風にかなしみはぬぐはれ

한강

봄의 강물 옅으고 할미새 등이 떼를 지어날으네
부드러운 벼랑 가에 누우면 풀은 파랗고
산도 또한 봄날 안개 자욱하고
준엽선(峻葉船)은 움직이려고도 않네
나의 마음도 또한 하얀 구름과 같이 아득히 멀리 걷고
봄날 파도는 할미새를 이상해하며 파도치네

전쟁에 간 나의 친구는
이렇다 할 소식도 없고
또 한사람의 친구는 이미 고인으로
한탄할 일은 아니지만
그 뜻이 날이 갈수록 잊혀지지 않네
모래섬의 얕은 물에서도 파도는 치지만
작년일은 떠올리기 힘드네
물새에게
나의 마음도 또한 채워져 돌아가려하네
햇살 따뜻한 들판을 따라
봄바람에 슬픔은 씻어져라

迎春歌

柳虔次郎

ひもじいほどにも
あをあをとはれあがつたよ　咸鏡のそら
冠帽のとほやまなみの　ゆきひかるさむさかそかさ
かはらがはらに　かささぎもなききさやぐ　からひとよ
なきぬれたそのおもてをあげよ
いかばかりくらくつめたくあつたらうと
いまは　病みなやんだきせつのことはいふまいぞ
むねのいたみのよみがへるひは
さうさうと　のづらのかぜにふかれて
すずならし　すずふりならし
ごらんよ　あの國道すぢを
うしぐるまたち　みんなみへむかふを
さあ　たつて
たつてうたはうよ　たのしかるべきあすのうたばかりを

ほつかりと　くものうきいで
はちどうに　春はいよいよ

봄맞이 노래

허전할 정도로
푸르디푸르게 맑아졌네 함경(咸鏡)의 하늘
모자 같은 먼 산마다 흰 눈 반짝이고 추위 바스락바스락
기와 기와마다 까치도 요란하게 지저귀고 조선인이여
눈물에 젖은 그 얼굴을 들어요
얼마나 어둡고 차가웠을까하고
이제는 아프고 괴로워한 계절은 말하지 않으리
가슴 아픔이 되살아나는 날은
솔솔 들판 바람에 날려
방울을 울리고 방울을 흔들어 울리고
봐요 이 나라의 나아가는 길을
소달구지들 남쪽으로 향하는 것을
자―일어서라
일어나 노래하세 즐거울 내일의 노래만을

포근하게 구름이 떠오르고
팔도에 봄은 드디어 오고

家族頌歌

趙宇植

掌に霜の朝が来て
屋根の上を　きつい歳月のしわが流れ

ぬくまれた粟飯の膳に
おほらかな族のちかひは結び
蝶々のやうな娘たちのはしやぎは乾れない
神棚の聖火はとこしへに營まれ
防人の育ちは朗々と芽たつ

愛する族よ　ぎつと握つた掌のぬくみが
やがては　おん身らのすべてをぬくますとき
榮えあるやまとの幽邃な神歌は
君らが骨肉をすき　咽をだるませて言語となり

樂しい朝のお膳を實らせて
ふくよかな花とにほふ
夜ともなれば
掌の霜は　嚴かに燦くであらう

가족송가

손바닥에 서리의 아침이 오고
지붕 위를 힘든 세월의 주름이 흐르네

따뜻해진 조밥에
명랑한 가족들의 맹세는 맺어져
나비처럼 여자들의 떠드는 소리는 멈추지 않네
가미다나의 성화(聖火)는 영원히 영위되고
사키모리(防人)의 성장은 낭랑하게 싹이 나네

사랑하는 가족이여 꼭 잡은 손의 따스함이
머지않아 당신의 모든 것을 따뜻하게 할 때
번창하는 일본의 유수(幽邃)한 신을 칭송하는 노래는
그대들 뼈와 살에 사무치고 목을 부드럽게 하고 말이 되네

즐거운 아침 식사로 열매 맺게 하고
부드럽고 진한 향기의 꽃으로 향기 나네
밤이라도 되면
손바닥의 서리는 엄숙하게 반짝이겠지

飛行詩

朱永燮

空は　限なく擴がつてゐた
空は　飽くまで續いてゐた
少年は丘に寢ころんで口笛を吹いた
クロバーの白い花に密蜂がブンブン唸つてゐた

曙の空は紫色にねむつてゐた
積亂雲を衝いて
少年航空兵の胸は躍つた
海原の一角に太陽が輝く瞬間
密雲の隙間から眞珠灣が開けて來た
少年はトンボのやうに飛んで行つた

村は春霞みて
圓舞する飛行機の爆音の中で
杏の花が雲のやうに咲いてゐた
丘の上には
半島の少年が一人　空をみつめてゐた

비행시

하늘은 한없이 펼쳐져 있었다
하늘은 어디까지 이어져있었다
소년은 구릉에 드러누워 휘파람을 불었다
클로버 하얀 꽃에 꿀벌이 붕붕 날고 있었다

새벽녘 하늘은 보라색으로 잠들어 있다
소낙비구름을 뚫고
소년항공병의 가슴은 뛰었다
넓은 바다 일각에 태양이 빛나는 순간
짙은 구름 사이에서 진주만이 열려왔다
소년은 잠자리처럼 날아갔다

마을은 봄 안개에 흐리고
빙빙 도는 비행기의 폭음 속으로
살구꽃이 구름처럼 피었다
구릉위에는
반도 소년이 혼자 하늘을 응시하고 있었다

海邊　五章

城山昌樹

▪ 沖の帆かけ船 ▪

沖を帆かけ船がゆくね

白いあげ羽の蝶々のやうだね

▪ 空と鷗と ▪

鷗がタオルとなつて

どんより曇つた穹をふいてゐる

もう霽れるんでせう

▪ ポンポン蒸氣 ▪

ポンポン蒸氣がはしつてゐる

パイプのやうな煙突から

丸い煙の輪が吐き出される

まるで蟹が踊りながら

泡をふいてゐるやうだ

▪ 海鳴り ▪

空と海とくつついて

一日中何を話し合つてゐるかしら?

▪ 旅愁 ▪

旅から歸つた家達のやうに

入江にとまつてゐる船達が

小波に搖られて

なつかしそうに

立つたま、お話してゐる

해변 5장

▪ 앞바다 돛단배 ▪

앞바다 돛단배가 가네
하얗게 펼친 날개 나비 같다네

▪ 하늘과 기러기 ▪

기러기가 수건이 되어
잔뜩 흐린 하늘을 닦고 있네
이제 맑아지겠지

▪ 폭폭 증기 기차 ▪

폭폭 증기 기차가 달리고 있네
파이프 같은 굴뚝에서
동그란 연기 모양이 뿜어져 나오네
마치 게가 춤추며
거품을 뿜어내는 듯하네

▪ 해명(海鳴) ▪

하늘과 바다가 맞붙어
하루 종일 무엇을 서로 말하고 있는 것일까?

▪ 여수(旅愁) ▪

여행에서 돌아온 가족들처럼
후미진 곳에 정박해 있는 배들이
잔물결에 흔들려
그리운 듯이
선 채로 이야기하고 있네

『一九四三年 七月號』

1943. 7

辻詩　樹

詩人不知

うつとりと
一ぽんの樹が默してゐる
おびただしいてのひらで
光の亂射を受けどめながら

それがそのまま
戰ふにつぽんの姿勢であるやうな
一ぽんの木よ。絶對の生命の美しさを
あへて自任でもしてゐるやうに。

威壓されさうな淡天を指さして
一ぽんの樹が
うつとりと默してゐる。
夕立がくるのであらう。

나무

멍하니
한그루 나무가 침묵하고 있다
수많은 손바닥으로
빛의 난사를 받아내며

그것이 그대로
전투하는 일본의 자세처럼
한그루 나무여! 절대 생명의 아름다움을
자신의 임무라도 다하고 있는 듯

위압당할 듯 한 어슴푸레한 하늘을 가리키며
한그루의 나무가
멍하니 침묵하고 있네
소나기가 내리겠지

海にそびえる

山部珉太郎

ひたひたと深い欲情の潮を湛え
いつも青年のやうに新しく
飛沫し　匂ひを放ち
不屈の岬角に激情し
愛情の入江にむつごとし
ひたひたとひた押しみなぎり
につぽんの胸をひたす

盛り上り漲り脹らむ海原の上に
につぽんがそびえてゐる
タスカロラ海溝一萬メートルの深淵に臨み胸つく急崖をそゝ
り立て
孤高の高さににつぽんが聳えてゐる

國土の精神がこの海の絶巓に歴程した
凡ての子供たちがこの絶巓を渡る海風に立ち
夢はいつも深淵の海溝を泳ぎ渡つた

바다에 우뚝 솟아

철썩철썩 깊은 욕정의 바닷물을 채우고
항상 청년처럼 새롭게
물보라치고 향기를 풍기며
불굴의 곶 모서리에 격정하고
애정의 후미진 해안에 정담을 나누고
철썩철썩하고 마구 밀려와 넘쳐흘러
일본의 가슴을 흠뻑 적시네

부풀어 오르고 부풀어 팽창된 넓은 바다 위에
일본이 솟아있네
다스카로라(Tuscarora) 해구 일만 미터 심연을 향해 급격하게
가파른 벼랑에 우뚝 솟아
고고한 높이에 일본이 솟아있네

국토의 정신이 이 바다 정상에 지나온 여정을 만들었네
모든 아이들이 이 정상을 건너는 해풍에 맞서
꿈은 항상 심연의 해구를 헤엄쳐 건넜네

今も祖先らの立つた岸に我等が立ち
そびえる日本の肩に立ち
決意はるかに海の深淵を飛び越える

しきしまのやまとごゝろをひととはば
聴け　宿命よりも強くとこしへに
ひたひたと胸ひたす海を抜きそびえる精神の雄たけびを

지금도 선조들이 서있던 벼랑에 우리가 서있고
솟아있는 일본의 어깨에 서서
결의는 먼 바다 심연을 뛰어 넘네

일본의 일본인의 마음을 한번 물으니
들어라 숙명보다도 강하게 영원히
철썩철썩하고 가슴을 적시는 바다를 꿰뚫고 솟은 정신의 우렁
찬 외침소리를

静かな軍港
―鎭海にて

安部一郎

道が小さくつゞいてゐた　この汀の葦の生えた　その向かふ
に　ま晝から消えてゐた道が―いまはまた　突然　身を躍らせ
て　海の中に消えてゐる

道が小さくつゞいてゐた　この汀の葦の根もとに　海の穴が
あり　馬蹄貝は　時折り潮を吹き―海はいかにも碧かつた

道が小さくつゞいてゐた　灰白い月の光に　この汀の葦の生
えた　その向かふの海に　水泡のやう　彈ぢ裂ける　神馬藻が
何時も　歴史を　少年の夢に歌つてくれた

海路一萬五千餘里―
萬苦をしのび東洋へ　押せ來しロシア艦隊は　この葦の生え
た　その向かふの海の　海底へ　愉生の歳月を過し　海はいか
にも静かだつた

조용한 군항
- 진해에서

길이 좁게 이어져있었다 여기 물가 갈대가 무성하다 그 건
너편에 한 낮부터 사라졌던 길이---지금은 다시 돌연 춤추며
바다 가운데 사라졌다

길이 좁게 이어져있었다 여기 물가 갈대 뿌리에 바다 구멍
이 있고 긴맛(조개류)은 때때로 바닷물을 내뿜네---바다는 너
무나 파랗다

길이 좁게 이어져있었다 회백색의 달빛에 여기 물가 갈대가
무성하다 그 건너편 바다에 수포처럼 튀어 터지는 모자반이
항상 역사를 소년의 꿈으로 노래해 주었다

해로(海路) 일만 오천여리-
만고를 견딘 동양에 압박해온 러시아 함대는 여기 갈대가
무성한 그 건너편 바다의 해저에 구차한 삶의 세월을 보내고
바다는 너무나도 조용했다

　　道は一つ　海の中に消えてしまつた　この海の邊の明るい風
光のなかに　艦船は靜かに動き　嵌められた　額緣のなかから
軍艦旗を風になびかせて出ていくのである

　　道が小さくつゞいてゐた　道は突然　大きな戰の中に　身を
躍らせて海の中に消え一砲座もつた艦が　堂々と新しい榮光の
歷史のなかに浮かび波を蹴つて出ていくのである

길은 하나 바다 속으로 사라지고 말았다 이 바다 근처의 밝은 풍광 속에 함선은 조용히 움직이고 짜여진 틀 속에서 군함기를 바람에 나부끼면서 나아가는 것이다

길이 좁게 이어져 있었다 길은 돌연 커다란 전투 속에 몸을 날려 바다 속으로 사라졌네----포좌를 단 함대가 당당하게 새로운 영광의 역사 속으로 떠오르고 파도를 차고 나아가는 것이다

日本海周邊

川端周三

岡に佇つ城のやうに
鐘や風を鳴らす竹藪
さへずる小鳥や
月を呼ぶ蟲もゐない
こゞしい巖が根ふかく突つ立つ燈臺の孤癖　燈臺をめぐつて
ひかりさへその上を羽搏かず
時間もまだ進行をはじめぬ始源の
はげしい潮がながれてゐる
春秋幾萬年みだれうつ碧落や
底しれぬ風穴や…
日本海を狭しとは決して言はさぬ
とほく北鮮につらなる斷層は
アルミニユーム、鐵、石炭の
それら陽をみぬ火どろの布陣
また宗谷、津輕を經てつながる

일본해 주변

산둥성이에 서있는 성처럼
갈대나 바람이 부는 대밭에도
지저귀는 작은 새들이나
달을 부르는 곤충은 없네
하나의 바위가 뿌리 깊게 박혀 있는 등대의 고독의 습관 등대
를 둘러싼
불빛마저 그 위를 날갯짓 하지 않고
시간도 아직 진행을 시작하지 않은 원시의
격심한 바닷물이 흐르고 있다
춘추 수 만년 흐트러져 치는 땅 끝이여
깊이를 모르는 동굴이여…
일본해가 좁다고는 결코 말하지 않는다
멀리 북조선으로 나란히 늘어선 단층은
알루미늄, 철, 석탄의
그것들 햇빛을 보지 못한 빛 진흙의 포진
다시 소야*, 쓰가루**를 거쳐 연결된다

---

* 소야(宗谷): 홋카이도(北海道)의 소야곶과 러시아연방이 사할린크리리온(西能登呂)곶
과의 사이에 있는 해협. 이외에 소야선(宗谷船)을 일컫는 말로 일본의 쇄빙선(碎氷船)
이자 일본 최초의 남극관측선을 말한다.
** 쓰가루(津輕): 홋카이도 남단(北海道南端)과 아오모리현(青森県)과의 사이에 있어 일
본해와 태평양을 연결하는 해협.

今死鬪のアリューシヤン
この海にもきつと波の逆立つ
絶體のときがくるだらう
大虚に刻みこむ程の萬歳を叫んで
假借なく擊つときがくるだらう
みづのこゝろを求めて生き
北邊の死守を誓ふわれわれにとつて
目前にひろごる大群青こそ
身も魂も沈づめて悔いぬふかい場所だ

지금 사투의 알류산
이 바다에도 아마 파도가 곤두서고
절체(絶体)의 때가 오겠지
허공에 새겨질 만큼의 만세를 외치고
가차 없이 공격하면 미칠 듯 하겠지
바다의 마음을 추구하며 살고
북쪽변방 사수를 맹세하는 우리들에게 있어서
눈앞에 번지는 대군의 푸르름이야말로
몸도 혼도 가라앉는다 해도 후회 없을 깊은 장소이다

『一九四三年 八月號』

1943. 8

辻詩 草莽

金鐘漢

苔むした藁の屋根には
おくれ毛のやうな雑草がのびてゐる
「子福者でしてね」
案内の區長が笑つた
「らいねんは三男も適齢ですよ」
ポプラが一ぽん庭さきで
うつとりと體をゆすつてゐる
からつぽの遺家族の家
「きつと野良へ出てゐるのでせう」
だれもゐない　だアれもゐない
土垣の上にねころんで
南瓜が三つ二つ留守番してゐる

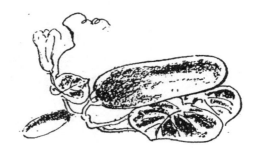

초원

이끼 낀 초가지붕에는
귀밑머리처럼 잡초가 자라있다
"자식부자여서"
안내하는 구장이 웃었다
"내년은 셋째도 적령기예요"
포프라가 한그루 앞마당에서
멍하니 몸을 흔들고 있다
텅 빈 유가족의 집
"아마도 들에 나가있는 것이겠지"
누구도 없다 아―무도 없다
토담위에 드러누운
호박이 세 개씩 두 개씩 집을 보고 있다

慧慈

佐藤清

碧空淨土

太子薨去の飛報に
誓をこめた一年は過ぎた
あすは二月五日、滿願の日、
あかつきかけて、
私の靈は碧空淨土へ飛ぶであらう、
そして太子の歡喜と合體するであらう、
「言ふは恐しけれど思ふことやみがたく
大妃・橘大郎女が、
維摩經の妙喜淨土を為がき、
それを彩色し、刺繡して、
淨土の面影にあこがれたといふ、
今、わが世の最後に見える太子も、
その淨土にいます太子の尊影だ、
(淨土の空は、
この澄みきつた空のやうに無窮であらう、)
私の脈が絶え、息が消えるとき、
私の靈は太子の靈に合體するであらう。

혜자

벽공정토(碧空淨土)

태자 서거의 비보에
맹세를 담은 일 년은 지나갔다
내일은 이월 오일, 만원*의 날
새벽달 걸쳐있고
나의 영혼은 벽공정토에 날아가겠지
그리고 태자의 환희와 합체하겠지
"말하기는 황공하지만 생각을 금할 길 없고
대비 다치바나노이라쓰메**가
유이마쿄***의 신기한 기쁨의 정토를 그렸고
그것을 채색하여 자수를 놓으니
정토의 모습을 동경하게 되었다"고 한다
지금, 이 세상의 마지막에 보였던 태자도
그 정토에 계신다 태자의 존엄한 모습이다
(정토의 하늘은
여기 한없이 맑은 하늘처럼 무궁하겠지)
나의 맥이 끊어지고, 숨이 멈출 때
나의 영혼은 태자의 영혼에 합체하게 되겠지

---

* 만원(滿願): 기한을 정하여 신불에 발원한 그 기한이 됨
** 다치바나노이라쓰메(橘大郞女): 쇼토쿠태자의 부인. 쇼토쿠태자가 죽은 후 그 죽음을
  애도하여 천수국(天壽国)의 모습을 자수로 놓았으며, 현존하는 일본 최고의 자수로
  국보로 지정되어 있다.
*** 유이마쿄(維摩経): 대승불교(大乘仏教) 경전의 하나. 쇼토쿠태자(聖德太子)에 의해 저
  술된 산교기쇼(三経義疏)중의 하나.

大和建通寺

太子の師とて、
(なつかしい大和建通寺よ、)
朝夕したしくおんそばに侍して、
學藝の奧に入ること二十年、
(だが、そのあひだに如何なる動亂が起り、
如何なる危機を通られたことか)
聰明はおん名の如く、
慈悲はおん聲の如く、
師といふさへ勿體ない此の身に、
たゞひとすぢに愛と敬をそゝぎたまふ。
東に向つて合掌してゐると、
いつも目にはあついものを感じたが—
歸國七年の後、
今、此の悲報が、
千里の雲をつらぬいて來るとは！

일본 건통사

태자의 스승으로
(그리운 일본 건통사여)
아침저녁 친근하게 곁에 모시고
학예 깊숙이 들어간 지 이십년
(그러나 그 사이에 어떠한 동란이 일어나고 어떠한 위기를 지
나오셨는지)
총명한 이름처럼
자비는 명성처럼
스승이라고 불리는 것조차 황송한 이 몸에게
오로지 한길로 사랑과 존경을 쏟아주셨다
동쪽을 향해 합장하고 있으면
항상 눈에는 뜨거운 것을 느꼈지만---
귀국 칠년 후
지금 이 비보가
천리의 구름을 뚫고 와 있을 줄은!

宿命から天命へ

我々は一世紀間、
佛像、經典、黃金を送り、
畫工、陶工、建築師を送り、
博士、醫官を大和へ送つたが、
その報酬として我々は何を得たらうか、
我々が得たものは
これらの一切にまさつて
はげしいもの、恐しい「愛」だ。
しかも時が流れるに隨ひ、
愛と憎みがもつれ合ひ、
(そのなかに彼と我が浮沈しながら)
何ものも抵抗し得ない、
強い、大きい、宿命の流れとなるであらう、
(そして一千年過ぎてしまへば)それが、
天命の海へ流れこんでしまふであらう、
(その時、好む、好まぬは、問題ではない、)
宿命は遂に天命に合致してしまふであらう。
一天命となつた宿命に逆らふものは、
到底生きることは出來ないのだ。

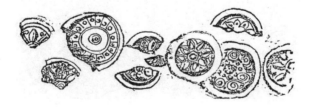

숙명에서 천명으로

우리들은 1세기 동안
불상, 경전, 황금을 보내고
화공, 도공, 건축사를 보내어
박사, 의관을 일본에 보냈지만
그 보수로서 우리들은 무엇을 얻은 것일까
우리들이 얻은 것은
이것들 일절보다 뛰어난
열렬한 것, 무서운 '사랑'이다
게다가 시간이 흐름에 따라
사랑과 미움이 서로 뒤얽혀
(그 속에 그와 내가 부침(浮沈)하면서)
무엇도 저항하지 못한다
강하고, 커다란 숙명의 흐름이 될 것이다
(그리고 일천년이 지나고 나면) 그것이
천명의 바다에 흘러들어가고 말 것이다
(그때, 좋다, 좋지 않다고 했던 것은 문제가 아니다)
숙명은 이미 천명에 합치돼 버릴 것이다
----천명이 된 숙명을 거스르는 자는
도저히 살수 없게 되는 것이다

聖

二十年の生活が實証する、
感激性は共通の氣質らしい、
差異ははげしさの程度だけだ、
そしてそこに我々の美性がある。
海のやうに、壓倒する「愛」のなかで、
誰が死を恐れ、
誰が身命を惜まう、
五年前、
三十萬の隋の大軍を破つた我々だ、
(当時、俘虜、皷、笛、大弓、石はぢき、
其他を献じた、うれしさよ、)
おのれを知るものゝためには、
匹夫も喜んで一身を棄てよう、
あす、太子のあとを追うて
この世を棄てる私を、
聖人と言ふは誰であるか。

성(聖)

이십년의 생활이 증명한다
감격성은 공통의 기질 같다
차이는 열렬한 정도 차이다
그리고 거기에 우리들의 아름다운 성품이 있다
바다처럼 압도하는 '사랑'속에서
누가 죽음을 두려워하고
누가 신명을 아까워하겠나
오 년 전
삼십만의 수나라 대군을 물리친 우리들이다
(당시, 포로, 북, 피리, 대궁, 돌을 날리는 무기 등 그 외의 것을
바친 기쁨이여!)
자기 자신을 아는 자들을 위해서
필부(匹夫)도 기쁘게 한 몸을 버릴 것이다
내일 태자의 뒤를 쫓아
이 세상을 버리는 나를
성인이라고 하는 것은 누구일까

鶉

待つて、待つて、待つてゐた。
遠い夜あけは近づき、
寒さは骨にくひ入るやうだ。
しかし吹きくるふあらしのなかに、
鶉のこゑがきこえる、
ぞくりと香油をぬられたやうに、
あたまが急にはつきりする、
氷をとかす光線のやうに、
鶉よ、もう一度鳴いてくれ、
夜やしらじらと明けて來た、
だが、もう鶉は鳴かない、
いくら待つても鶉は鳴かない、
淨土よ、おゝ、鶉よ。

개똥지빠귀

기다리고 기다리고 기다렸다
긴 밤 새벽은 가까워지고
추위는 뼈에 사무치는듯하다
그러나 미칠 듯 부는 폭풍우 속에
개똥지빠귀 소리가 들린다
꼭 향유(香油)에 젖은 듯이
머리가 갑자기 확실해진다
얼음을 녹이는 광선처럼
개똥지빠귀여! 다시 한 번 울어주오
밤은 희끔하게 밝아져왔다
그러나 다시 개똥지빠귀는 울지 않는다
아무리 기다려도 개똥지빠귀는 울지 않는다
정토(淨土)여! 오오- 개똥지빠귀여!

燧石

岩本善平

早朝母は人知れず
連拍手をし祈禱する
年老いたらば母に似て
長い祈禱に連拍手
されどこの子は詩にも似て
短い祈り二拍手を
いまはハツシと一念に
心とこゝろ燧石
神前ともす信燈の
その明るさのつけどころ
草木も石も牛馬も
お國の役にみんな立つ
あらゆるものは武器となり
炎となつて敵を撃つ

부싯돌

이른 아침 어머니는 사람들 몰래
연이어 박수를 치며 기도하네
나이가 든다면 어머니를 닮아
긴 기도에 연이어 박수
그렇지만 이 아이는 시(詩)와도 닮아
짧은 기도 두 번의 박수를
지금은 딱하고 일념으로
마음과 마음의 부싯돌
신전 앞을 밝히는 믿음의 등
그 밝음이 밝혀지는 곳
초목도 돌멩이도 소와 말도
나라를 위해 모두 일어나
모든 것은 무기가 되고
불꽃이 되어 적을 무찌르네

君に

芝田河千

まづ發つて行きたまへ
解きほぐして迷ふことなく
手渡された下書をすて
素手でよい
若芽が地殻をつき破つて出るように
何よりもまづ發つて進みたまへ

そして、見ゆるこれらのものを
まともに視つめよ
何故だと問ひかへすことなく
決して君の手で繕はないで
一つ一つのそれが大いなるを
そのまゝの姿でうなづきたまへ

休むのでない
なほうなづきつ進みたまへ
そこで君の魂は
泉のごとく清くすみ、その中に
衣裳あるものをその裸姿にて
限りなくなりつゝあるまゝに
とらへて包むたらう

너에게

먼저 출발해서 가줘
얽힌 것을 풀고 방황하지 말고
전달된 초고를 버리고
맨손이라도 좋다
새싹이 지면을 뚫어 헤치고 나오듯이
무엇보다도 먼저 출발해서 전진해줘

그리고 보이는 이러한 것들을
제대로 응시해줘
왜 그러지? 하고 되묻는 것 없이
결코 너의 손에서 꾸미지 말고
하나하나 그것이 위대한 것을
그대로의 모습으로 수긍해 줘

쉬는 것이 아니다
오히려 수긍하며 나아가줘
여기에서 너의 영혼은
샘물처럼 깨끗하게 맑아지고 그 속에
의상(衣裳)이 있는 것을 그 맨몸에
무한히 있는 그대로
포착해서 감싸겠지

日毎に新しさは加へられ
もの毎に創りつゝ、ある嚴肅さに
懼れてはいけない
いかにはげしく身ぶるひすとも
出で行きて憩ひを願ふな
それは君自身の姿でもあるのだ

次々に覺めゆき
生くることに勝利あらしむるために
むごく嵐に全身をひたし
もつと强くなるのだ
そして一步一步が君自身の運びであれ

매일 새로움은 더해져
세상사에 창조되어지는 엄숙함을
두려워해서는 안된다
아무리 심하게 몸을 떨더라도
나아가서 휴식을 원하지 마라
그것은 너 자신의 모습이기도 하다

차례로 기억해나가
살아가는 것에 승리를 위해
매정한 폭풍우에 전신을 적시고
더욱 강하게 되는 것이다
그리고 일보 일보 너 자신을 움직여라

たゝかひにしあれば

添谷武男

火を點ける事もおのづとかへりみて一本のマッチも思ひつつしむ

空を征く明日に焦がれて學徒らは休む日もなく飛行練習

喜雨至りつづきて雨の夜となればみ燈明捧げ神に謝するも

嘗てなき大きいくさにつはものと征くおん身らの美しきろかも

前線は實なり銃後は根もとなりその根固めて撃ちてし止まむ

전투에 죽음 있으니

불을 밝히는 것도 스스로 돌아보아 한 개피의 성냥도 생각하여 삼가하네

하늘을 나는 내일을 동경하며 학도생들은 쉬는 날도 없이 비행 연습

반가운 비 마침내 내리니 비 내리는 밤이라도 되면 깨끗한 마음을 바치며 신에게 감사하네

옛날에 없는 커다란 전쟁에 병사로 가는 당신들 부러웁구나

전선은 열매되고 후방은 뿌리가 되어 그 뿌리 견고해져 공격하며 멈추지 않으리라

『一九四三年 九月號』

1943. 9

燈臺

杉本長夫

燈臺はたつてゐる
堅い岩壁のうへに
晝も夜も
凪の日も風の日も
アメリカの岸邊から
押し寄せる激浪が
その足下で吠え狂ふ日も
風なごみ　なみをとも
音樂のやうに
星の夜を唄ひつゞける時も
燈臺は嚴然として
絶えざる靜視を海にをくる
沖ゆく船など
豪華船も小さな魚船も
汝の光をしるべとし
やすけき旅をたのしむだらう

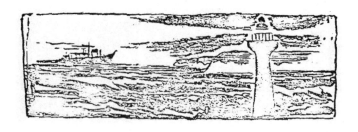

등대

등대는 서있네
견고한 바위 위에
낮이고 밤이고
잔잔한 날도 바람 부는 날도
아메리카 해안가에서
밀어오는 격심한 파도가
그 발아래 미쳐 울부짖는 날도
파도가 수그러들고 파도소리가
음악처럼
별이 있는 밤을 계속 노래하는 때도
등대는 엄연하게
끊임없이 조용한 시선을 바다에 보내네
앞바다 배들도
호화선도 작은 어선도
그대의 빛을 길잡이로 해
편하게 여행을 즐기겠지

甘美なる夢に醉ふことなく
廣大無邊の海洋に望んで
ひたすらに正しく強く
しづかなる戰ひをつゞける者
黃昏のかなしき媚態や
いかづちのはげしき怒りも
汝の意志を極めえない
晝も夜も
凪の日も風の日も
おのづからあるべき處に
燈臺は嚴然とたつてゐる

감미로운 꿈에 취하는 것도 없이
넓고 끝이 없는 해양을 바라보며
오로지 바르고 강하게
잠잠해질 전투를 계속하는 자
황혼의 애처로운 아양이나
천둥의 세찬 성냄에도
그대의 의지 무궁하네
낮도 밤도
잠잠한 날도 바람 부는 날도
스스로 있을 곳에
등대는 엄연하게 서있네

蔓の生命

杉本長夫

赭いひからびた土を這つて
どこまでものびてゆく
のびやうとする
觸る、ものにまきつき
からみつきどこまでも
生命のかぎりのびやうとする
蔓のしたから根を下し
土に喰ひ込み大きな實をつけ
生命の泉をくみとる
花辨は立派で
夕ばえの色をうつしたやうで
憂ひを知らぬ
ちらと見たま、通るには
不可思議すぎる
夏の日の大地に立つて私は
この存在に手をつけかねる

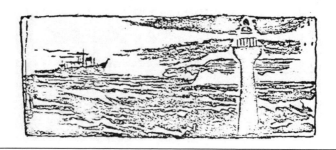

덩굴의 생명

붉게 바싹 마른 땅을 기어올라
어디까지나 뻗어가네
뻗어가려고 하네
닿는 것에 휘감겨
얽혀서 어디까지나
생명이 있는 한 뻗어가려 하네
덩굴의 아래에서 뿌리를 내려
땅에 파고들어 커다란 열매를 달고
생명의 샘물을 퍼내네
꽃잎은 훌륭하여
저녁놀을 옮겨놓은 듯하고
괴로움을 모르네
흘낏 본 채 지나가기에는
너무 불가사의 하네
여름날 대지에 선 나는
이 존재에 손을 대기 어렵네

『一九四三年 十月號』

1943. 10

航空日に

徐廷柱

幼き　かをりの　いき　つきながら
わが　耳もとで　ちいさき西雲女が
七つよはひの　故里の　ことばで
アイ　ハヌル　ウン　ソウル　イレヤと囁きし
その　お空なり。

蒜や　ねぎや　唐辛草を　くらひし
あぶら　あかの　しろきころもの
熱きあつき　はらからが
山鳩むせぶ　きいろき　道を
去き去きて　染めにし　さみどりの　そのお空なり。

あな　あはれ　なほも　とぢえぬ　眼と眼よ。
青きなさけの　えわすれぬ　日暮れて　夜は　その趾に
星くづぞ　きらめくを。
あな　あはれ　人々ら　現に愛せし人々ら
消えて　日に日に　お空は　深く

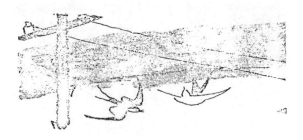

항공일에

배냇 향기의 숨을 내쉬면서
나의 귓가에 어린 서운이(西雲女)가
일곱 살 고향 말로
"아이 하늘은 서울 이레야"하고 속삭이던
그 하늘이다

마늘이나 파, 고추를 먹고
기름때 낀 하얀 옷의
뜨겁고 뜨거운 동포들이
산비둘기 흐느끼는 황색 길을
가고 또 가서 물들이려 하는 파릇파릇한 그 하늘이다

아아--가련하도다 여전히 눈감을 수 없는 눈동자와 눈동자여
푸른 정취의 그림 잊지 못한다 날이 저물어 밤은 그 흔적에
밤하늘의 무수한 별들이여 반짝여라
아아-가련하도다 사람들 실로 사랑하는 사람들
사라져 나날이 하늘은 깊어지고

こ丶にあるは　わが　つれなき　身ぐさと言葉。
山彦と　海鳴りと
呼えわたる　こぜまき　庭の
花を祭る
牛皮の　大鼓の音ばかり

あ丶　飛びたや　飛びたやな
ブルン　ブルンと　總身ひゞきて
すぎゆきし　ものみなの
青く　かゝれる　お空の中を
きつく　飛ぶは　わが　かねての　のぞみ！

여기에 있는 것은 나의 무정한 몸짓과 말뿐
메아리와 바다에서 울리는 우레와 같은 소리가
맑게 퍼지네 작고 좁은 정원의
꽃을 제사지낸다
소가죽의 작은 북 소리뿐

아아ㅡ날고파라 날고파
부릉부릉 온몸을 울리며
지나간 것 모두
파랗게 펼쳐진 하늘 속을
힘겹게 나는 것은 나의 옛날부터의 희망!

『一九四三年 十一月號』

1943. 11

不文の道

金村龍濟

憐れなる算盤と物指の亡者の毒牙よ
汝ら如何なる國の星の下に生を貪るや
新聞活字の大小に迷ふ不信の眼色を閉ぢて
その上のいみじき神話と史實に耳を開けよ

朝鮮海峽いまだ裂けざる日本海の風若く
青き蓮の葉をなすまろき海圖に鷗遊べり
乙字線の二つの潮流は寒暖の巴を抱きて
等しき民の血となりはひ交はしたり

鱗然ときらめく白銀の砂濱に波は戲れ
青銅の巖相に萬象を彫る金剛山の靈地
そこソシモリなる神檀の森に天降りたまふ
素戔鳴尊の御遺徳の跡なほ偲ばれて在り

불문의 길

가련하도다 주판과 척도를 가르는 망자의 독사 이빨이여
너희들 어떤 나라의 별 아래서 삶을 탐하는가
신문활자의 대소에 방황하는 불신의 눈빛을 닫고 그 위의 대단
한 신화와 사실에 귀를 열어라

조선해협 아직까지 터지지 않은 일본해 바람 젊고
파란 연꽃잎을 이룬 둥근 바다지도에 갈매기 놀고
새을자(乙字)모양의 두 개 조류는 한온(寒暖)의 소용돌이를 안
고
동일한 국민의 피가 되어 들어와 섞이네

비닐모양으로 반짝이며 은빛 모래에 파도는 장난치고
청동의 바위모습에 만상을 새기는 금강산의 영지
그곳 소시모리*인 신단의 숲으로 하늘에서 내려오셨네
스사노미코토** 아름다운 덕의 흔적 더욱 그리워하고 있네

---

* 소시모리(ソシモリ, 曾尸茂梨): 니혼쇼키(『日本書紀』)에 의하면 스사노(すさの)가 신
   라의 소시모리라는 장소에 천상계에서 강림했다는 설이 있음. 이곳은 신라의 지명이
   라는 설에서부터 높은 기둥의 정상이라는 설까지 다양하게 존재함.
** 스사노미코토(素戔嗚尊): 일본신화에서 폭력적이 무용(武勇)으로 이름난 신.

この聖なる神檀の根は分た種は布かれて
松栢萬樹の氏立つ蔭に人のいほりは眠れり
その太平の夢に憑かれ依る宇宙の精凝りて
とはに輝く天の川の星座は生まれたるなり

また中世の大和と百濟の文化の繪卷を想へ
かの夫餘の皐蘭寺に留學せる大和乙女らが
ああ三千の宮女といのち惜まぬ衣ちぎりて
白馬江へ伴に消えたる落花巖のさだめなる

今さらに叫ばれて内鮮一體のえにしぞや
この味けなき修辭は昔の手ぶりにあらず
また子孫の世には恥づべき遺言ならずや
言あげるさがを淋しく笑みてぞ君とわれ

이 성스러운 신단 뿌리에서 나뉜 종자는 퍼져
소나무와 잣나무 만수(萬壽)의 씨족으로 세워져 그 그늘에 사
람의 초막은 잠들고
그 태평스런 꿈에 기대고 의지한 우주의 정기(精氣) 덩어리 되어
영원히 빛나는 은하수의 별자리로 태어났네

또 중세의 일본과 백제 문화의 그림 두루마리를 생각하라
저 부여의 고란사에 유학시킨 일본 처녀들
아아- 삼천 궁녀와 목숨을 아끼지 않은 옷고름 인연
백마강 기슭에 사라지는 낙화암의 운명이 되었네

지금에서야 외쳐진 내선일체의 인연이여
이 시시한 수사(修辭)는 옛날 풍습에 있지 않으며
또한 자손 대에는 수치스런 유언이 되지 않겠는가
말을 끝내고 쓸쓸하게 웃었지 그대와 나

奈良に憶ふ

金村龍濟

秋風がわれを呼ぶ奈良の都に
青丹よし*光りにぬれて大和を憶ふ
ああ　聖天子の御徳を慕ひ求めて
おのれを空しうしてまつろひ歸した
かの百濟の工匠の藝道を學ばんかな
心して踏み行くわが巡禮の足は
はろばろと雲を追ふて悲しく願ふ

萬葉のすがたのままの野よ山よ
ああこの土のあたたかい香りの中に
かの人たちの墓は深く融けてゐるよう
空うつ老木、つつましい草に問ひ
路傍の石に驚いてほのぼのと見る

依水園てふ庭の幽玄に眼はなごみ
水苔の風雅に隠れて眠る古池の
静寂なほとりにしつらへた清秀庵よ
その氷のやうに純潔なすきやに衣を拂つて
茶の湯の味はひに旅の喝きを潤はす

---

* 青丹よし(あおによし)는 ゛나라(奈良)'를 수식하는 마쿠라코토바(枕詞)

나라*에서 생각하네

가을바람이 우리를 부르는 나라에서
검푸른 흙이 좋은 빛에 젖어 일본을 생각하네
아아— 덕망이 높은 천황(聖天子)의 은덕을 우러르며
스스로 허무해져 제사지내고 돌아왔네
저 백제 장인들의 기예를 배울 수 있을까
마음으로 밟아가는 나의 순례 걸음은
아득히 먼 구름을 쫓아 슬프게 기원하네

만엽의 모습 그대로의 들판이여 산이여
아아—이 땅의 따뜻한 향기 속에
저 사람들의 묘는 깊숙이 녹아있겠지
하늘을 찌르는 오래된 나무, 소탈한 풀에게 묻고
길가의 돌멩이에 놀라서 어렴풋이 보네

이스이엔**정원의 깊고 그윽함에 눈은 온화해지고
물이끼 풍치에 숨어 잠드는 오래된 연못
그 근처에 정숙하게 마련된 청수암***이여
그 얼음처럼 순결한 다실에서 옷을 털고
차 맛을 보며 여행의 갈증을 축이네

---

* 나라(奈良): 일본이라는 나라의 발상지로, 옛날부터 야마토(大和)라고 불렀으며 헤이조쿄(平城京)라고도 하였다.
** 이스이엔(依水園): 나라현 나라시에 있는 정원으로 일본 정원 형식의 하나이다. 중앙에 있는 연못 주위를 돌며 즐기는 지천회유식(池泉回遊式) 정원을 말한다.
*** 청수암(清秀庵): 이스이엔의 건축물 중 하나로 차마시는 공간.

ああ翠玉の甘露を汲む美しき器よ
この高麗茶盌の青磁にわが舌はおののき
八紘一宇の眞實が飛行機で迫つて來る
萬歳のやうに嘆を感じて茶盌を擧げると
紅葉を浴びて足細い神鹿が音させながら
春日の社に案内しようと促がしてゐる

아아-취옥의 감로를 퍼서 만든 아름다운 그릇이여
이 고려 찻잔 청자에 나의 혀는 전율하고
팔굉일우의 진실이 비행기로 다가오네
만세처럼 감탄하고 찻잔을 들어 올리니
단풍을 뒤집어 쓴 가는 다리의 신사의 사슴이 소리를 내면서
봄날 신사로 안내하려고 재촉하고 있네

『一九四三年 十二月號』

1943. 12

海戰

則武三雄

海の色は再びと蒼ならじ
波もまたしづまりぬべしレンドバの海

僕は星の名を知らない
があれは金星ではなかつたか
消えようとして瞬いてゐる金星の下で　編隊は敵を見出した
敵は國を擧り　輸送船團を中央に泛べる城　鐵の城砦を布き
薄明にレンドバ島を占めようとした
上陸用敵舟艇は水馬のごとし
わが海軍航空部隊十餘機これを激擊す

百千の鐵　海を掩ひ
星條旗　指呼に瞰ゆ

機やよし　醜の雄のむれ
みかへれば友笑めり

해전

바다 색깔은 다시 파랗게 되지 않을 것이다
파도도 또한 잠잠해질 만한 렌도바*바다

나는 별의 이름을 알지 못한다
그러나 저것은 금성은 아니었을까?
사라지려고 깜박이는 비너스 아래에서 편대는 적을 발견했다
적은 거국적으로 유송선단을 중앙으로 떠있는 성, 철(鐵)의 성
과 요새를 깔고
희미한 새벽 렌도바 섬을 점령하려고 하였다
적의 상륙용 주정은 해마 같다
우리 해군 항공부대 십여기 이것을 격렬하게 공격한다

수백 수천의 철 바다를 덮고
성조기 손짓하여 부르듯 내려다보인다

기회가 좋다 추악한 사내들 무리
돌아보면 친구가 웃는다

---

* 렌도바(Rendova): 남태평양과 솔로몬 제도에 위치한 섬으로, 뉴조지아 제도 남서부에
위치한 섬.

故國も見すてひさしく
大君の任のまにま　わが生のすべては委ねかへりみず
直としてわれらはすめぐにの名に生くるもの

「友よ　歸つたらまた手套を取換へよう」
たたかひのひたの直前
波青く　眞白眞玉　しら波碎け
海をゆく小さき機影

あげつらふ仲つ鳥むら鳥のひしめぐに似て　敵機立つ
舷を搏きて迎ふイカルスの群碎かずば止まじ
敵として相擊たむ今
くだくとも彼の浮城を葬らで止まじ
醜のくろがね薙ぎて芟らむ

多角砲　火をはき
彈幕はわれに碎く

雷霆とよむに似て
かの艦は縱に傾き
敵機らは次々わだつみの底ふかく潛りゆきぬ
あはれイカルスの幾たりきても落つこちる

고국도 보지 않은지 오래고
대군의 임무대로 우리의 생명 전부를 맡기고 돌아보지 않는다
바로 우리들은 황국의 이름으로 살아가는 자

"친구여, 돌아가면 다시 장갑을 바꾸자"
전투 바로 직전
파도 파랗고, 새하얗고 동그랗게 물보라 부서지고
바다를 가는 작은 비행기 모습

왈가왈부하는 앞바다의 새 떼의 요란함과 닮은 적기 서있다
뱃전을 두드리며 맞이하는 이카루스*의 무리 쳐부숴야 한다
적으로서 서로 공격한 이때
부서져도 그들의 군함을 묻어야 한다
추악한 철(군함-역자) 쓰러뜨려서 베어야겠지

다각포 불을 뿜고
탄막은 우리에게 부서지고

천둥이 울려 퍼지듯
적의 함대는 옆으로 기울고
적기들은 차례차례 해신이 있는 바다 깊숙이 잠겨간다
불쌍하다 이카루스기라고 해도 떨어진다

---

* 이카루스(icarus): 아버지와 함께 백랍으로 만든 날개를 달고 미궁을 탈출했으나, 너무
높이 날다가 태양열에 날개가 녹아 바다에 떨어져 죽은 발명가 다이달로스의 아들.
그러나 여기서는 제1차 세계대전 후 독립한 유고슬라비아가 개발한 항공기 메이커를
의미하는 것으로 전투기, 폭격기, 비행정 등 여러 기종의 항공기를 개발하였다.

水と空　相分たねば遁れえじ
百千のくろがね砕け
響多く波にのまれぬ
レンドバはなれの奥津城　波は重くひるがへり
波は重くひるがへり

戦ひは幾刻なりしか　水と空相亙り
戦ひて戦ひはてつ
戦ひて戦ひ捷ちつ　八束穂の足穂の　美穂のすめぐにに
障やる黒雲八千潮に撃沸ひしが
見かへればわが友故し

戦ひて戦ひ捷ちつ
戦ひて戦ひはてつ　任終へて荒雄らはかたみに空に擁きしが
機は機と翼交へしが
かへりみればわが友故し
誰かは凱歌を奏すといふ
あまぎらふ群島の海　波重くかへりみれども波白く

海は再び眞蒼にかへり
しこのいくさの砕けし跡かたさへや　レンドバの海

물과 하늘 서로 구분 없이 달아나지 못하고
수백 수천의 철 부서져
많은 원수들 파도에 삼켜졌다
렌도바를 떠나는 무덤 파도는 무겁게 뒤집히고
파도는 무겁게 뒤집히네

전투가 어느 정도 되었을까 물과 하늘 서로 걸쳐
싸우고 싸워서
싸우고 싸워 이겼다 야쓰카호*의 다리호**의 황국에
방해되는 검은 구름 8천 바닷물에 격침시켜 없앴지만
돌아보니 나의 친구 없네

싸우고 싸워 이겼다
싸우고 싸운 끝에 임무마치고 거친 영웅들은 유물로 하늘에 있
지만
비행기와 비행기의 날개 맞대었지만
돌아보니 나의 친구 죽었네
누군가는 개선가를 연주하자고 하네
하늘 일면이 흐려진 군도(群島)의 바다 파도 무겁게 돌아보아
도 파도는 하얗고

바다는 다시 새파랗게 변하고
증오의 전투를 쳐부순 흔적만 있는 렌도바의 바다

---

* 야쓰카호(八束穗): 길다란 이삭이란 뜻으로 일본을 미화하는 말.
** 다리호(足穗): 충분한 이삭이란 뜻으로 일본을 미화하는 말.

學徒出陣

佐藤清

天を蔽ふもみぢの中、
まだ青い雜草を踏んで、
一千の學徒は歌ふ。
征くもの、残るもの、
たぎる血をしづかに抑へ、
決河の如く、はげしい思を、
しばし校歌に托して歌う。

國難のために、
血と魂をさゝげ、
國難のために、
青春を燃やしつくすものよ、
これを知れ、
國に死ぬは生きることであり、
眞に生きるとは國に死ぬことであるを。

だが、雄々しいきみたちの背後には、
きみたちの親、兄弟、姉妹
親戚、友人、知人がかさなり立ち、
其の燃ゆる思は、
きみたちの行くどんな所でも、
きみたちを追ひゆき、
決してきみたちを見失はぬであらう。

학도병 출정

하늘을 뒤덮은 단풍 속에
아직 파란 잡초를 밟고
일천 학도는 노래한다
가는 자, 남는 자
끓어오르는 피를 조용히 억누르고
홍수로 강물이 넘쳐 둑을 무너뜨리듯 세찬 생각을
잠시 교가에 의탁해 노래한다

국난을 위해
피와 혼을 바치고
국난을 위해
청춘을 다 불사르는 자여
이것을 알라
나라를 위해 죽는 것은 사는 것이요
정말로 살아가는 것은 나라를 위해 죽는 것이라는 것을

그러나 용감한 그대들의 배후에는
그대들의 부모, 형제, 자매
친척, 친구, 지인들이 더불어 서서
그 끓어오르는 생각은
그대들이 가는 곳 어디라도
그대들을 따라가
결코 그대들을 놓치지 않을 것이다

そればかりでなく、
目に見えぬ靈の手はきみたちをさがし求め、
きみたちを強くさゝへるであらう。
英靈はきみたちの前途を祝福し、
きみたちの祖先の靈は、
きみたちの魂をふるひ立たせるであらう。
靈の世界は、
きみたちの楯となり、劔となるであらう。

三千年の歷史は
今きみたちの中に生きかへり、
きみたちは幾億萬の
祖先の靈と同じ呼吸をしてゐるのだ。
今こそ生と死の世界は一つとなり、
三千年は一刻の中に實現してゐるのだ。
征けよ、征け、
きみたちの背後には、これらの力が
雲の如く充満して聲援してゐるのだ。

勇ましく、しかも亂れず、
はげしく、しかも靜肅に、
征けよ、征け、
おゝ、我等の愛するものたちよ。
そしてきみたちの靑春を
惜しみなく燃やしつくせ。

（十二月五日、城大・回春苑にて）

그뿐만이 아니라
눈에 보이지 않는 영혼의 손은 그대들을 찾아서
그대들을 강하게 지탱해주겠지
영령은 그대들의 앞길을 축복하고
그대들의 선조 영혼은
그대들의 영혼을 분발하게 하겠지
영혼의 세계는
그대들의 방패가 되고 칼이 되겠지

삼천년의 역사는
지금 그대들 속에 되살아와
그대들은 수억만의
선조의 영혼과 같이 호흡하고 있는 것이다
지금이야말로 생과 사의 세계는 하나이고
삼천년은 일각 속에 실현되어 있는 것이다
출정하라, 출정해
그대들의 배후에는 이러한 힘이
구름과 같이 충만해서 성원하고 있는 것이다

용감하게, 게다가 흐트러지지 않고,
열렬하게, 게다가 정숙하게
출정하라, 출정해
오오-우리들의 사랑하는 자들이여
그리고 그대들의 청춘을
아끼지 말고 다 불사르라

(12월 5일, 성대·회춘원에서)

『一九四四年　一月號』

1944. 1

施身聞偈本生圖
（玉蟲厨子左側面）

佐藤清

雪山に坐禪する一人の婆羅門、
いくにちも、いくよも、つゞく三昧のうちに、
或日、突然やみを貫いて、
ひかりかゞやく喜びを感じた、
大海に沈んだ船に、助けの大船を得た如く、
瀕死の床に、名醫の來訪を得た如く、
婆羅門は思はず、立ちあがり、
今きいた「諸行無常、是生滅法」をくりかへし、
あたりを靜かに見まはしたが、
目に入るものは一人の羅刹、
餘はたゞ聲もなく、しづもる樹木だけ、
婆羅門は其の恐ろしいものに
あとの半偈をきいた。「飢えて何も言へない」
「何をたべるか、何を飲むか、」
「人間の生き肉、人間の生き血だけだ、」

시신문게본생도(施身聞偈本生図)[*]

-다마무시노즈시(玉蟲廚子) 좌측면-

눈 덮인 산에 좌선하는 한사람의 바라문
몇날 며칠 밤 계속 삼매경 속에
어느 날 돌연 어둠을 뚫고
빛이 반짝이는 기쁨을 느꼈다
넓은 바다에 잠기는 배가 도움의 큰 배를 얻은 것처럼
반죽음된 마루위에 명의가 찾아온 것처럼
바라문은 뜻하지 않게 일어서서
방금 들은 '제행무상(諸行無常),시생멸법(是生滅法)'을 반복하고
주변을 조용히 둘러보았지만
눈에 들어온 것은 한사람의 나찰
그 외는 단지 소리도 없이 잠잠한 나무들뿐
바라문은 그 놀라움에
나머지 부처의 가르침을 들었다 "굶주려서 아무것도 말할 수
없다"
"무엇을 먹을까? 무엇을 마실까?"
"인간의 살아있는 고기, 인간의 살아있는 피 뿐이다"

---

* 석가가 바라문으로 수업하는 장면을 그린 그림

婆羅門はこれを聞くと、法座として、
身に纏うた鹿皮をぬぎ、
ひざまづいて眉も動かさず、
「喜んでさ丶げよう、婆羅門の生き肉、生き血を」と
はつきり誓を立てた時、
忽然、空飛ぶ鳥の声がして、
「生滅滅己、寂滅為楽」と、
あとの伴偈が心にきこえて來た。
突差に、堤を切られた洪水のやうに、
婆羅門の顔は照りはえ、
小鹿のやうに小躍しつ丶、
かしこの石、こ丶の岩、
かしこの樹木、こ丶の道路に、
完全なこの四句を書きうつし、書きうつし、
倦むこと知らぬと見えたが、
そのはげしい法悦のために、
色身つんざかれる如く、
恨みごころなど微塵もなく、
遂に、山上の高い樹木の梢にのぼり、
(宇宙のはじめから、
宇宙のをはりまで、
つらぬいて流れる
力を意識しながら)
身をひるがへして羅刹めがけて身を投げた。

바라문은 이것을 듣자 법좌(法座)하고
몸에 걸친 사슴 가죽을 벗어
무릎을 꿇고 눈썹도 까딱않고
"기쁘게 바치자, 바라몬의 살아있는 몸, 살아있는 피를"하고
확실히 맹세를 했을 때
홀연히 하늘을 나는 새의 소리가 들려
"생멸멸기(生滅滅己), 적멸위락(寂滅爲樂)"하고
나머지 부처의 가르침이 마음에 들려왔다
순간적으로 둑이 잘린 홍수처럼
바라문의 얼굴은 아름답게 빛나고
어린 사슴처럼 덩실거리며
황송한 돌, 이 바위
황송한 수목, 이 길에
완전한 이 네 구절을 옮겨 적고 옮겨 적어
지칠 줄 모르는 듯 보였지만
그 세찬 설법(法說)으로
육체는 세차게 찢어지는 듯하였다
원망하는 마음 등은 미진도 없이
결국에 산상 높은 나무 가지에 앉아
(우주의 처음부터,
우주의 끝까지,
관통해서 흐르는
힘을 의식하면서)
몸을 일으켜 나찰을 목표로 몸을 던졌다

瞬間、一慈悲の帝釋天、
婆羅門をしかと空に受けとめ、
かたく兩手にさゝえ、
身をやすらかに地上に橫たへた。

(獸足惡鬼と身をなして、
問答する帝釋天と婆羅門の、
へだての竹のやさしさよ。)

(こゞしき岩に書きつける
かの婆羅門の姿こそ、
三國佛を豫想する。)

(山の上から身をなげる、
婆羅門のめぐりに蓮華飛び、
そば近く伽陵頻迦は歌つてゐる、一
實雲に包まれて落下する靈鳥よ。)

(兩手をのべて身を棄てる
人間無上の婆羅門に、
兩手さしのべ、
靈足の帝釋天、
羅刹の姿ぬぎすてゝ、
今こそ迎へる、靈光、まばゆさよ。)

순간---자비의 제석천*
바라문을 단단히 하늘에서 받아
꼬옥 양손으로 받치고
몸을 편안하게 지상에 뉘였다

(수족악귀(獸足惡鬼)의 몸이 되어,
문답하는 제석천과 바라문
사이의 대나무의 부드러움이여)

(숭고한 바위에 써놓은
저 바라문의 모습이야말로
삼국불이 미리 생각한 것이다)

(산위에서 몸을 던진,
바라문 주변에 연꽃이 날고,
가까이 옆에 가릉빈가**가 웃고 있다--
보운(寶雲)에 쌓여 낙하한 영혼의 새여!)

(양손을 뻗고 몸을 버린
인간무상의 바라문에게
양손을 뻗은
영족(靈足)의 제석천,
나찰의 모습 벗어버리고
지금이야말로 맞이한다, 영험한 빛, 눈부심이여!)

---

* 제석천(帝釋天): 십이천의 하나. 수미산 꼭대기에 있는 도리천의 임금으로, 사천왕과
삼십이천을 통솔하면서 불법과 불법에 귀의하는 사람을 보호하고 아수라의 군대를
정벌한다고 한다.
** 가릉빈가(迦陵頻伽): 불경에 나오는, 사람의 머리를 한 상상의 새. 히말라야 산에 살며,
그 울음소리가 곱고, 극락에 둥지를 튼다고 한다.

龍飛御天歌

金鍾漢

龍、龍
龍が昇天する。
混沌をすりぬける蛇身
靜寂をひッさく狼虎の爪、
それは渦まき、それは流れ、

息づまるやうな
灰色で塗りつぶされ、
のたうち、もんどりかへり、
いつしゅん、
涼風で拭はれ、

それは流れ、それは渦まき、
籃青をなすりつけられ、
もんどりかへり、のたうち、
「おッかさん、龍だ！」
虚空にともる金赤の眼光。

용비어천가

용, 용,
용이 승천하네
혼돈을 빠져나온 구렁이의 몸
정숙을 찢는 늑대 호랑의 발톱
그것은 회오리쳐, 그것은 흐르고

숨이 끊어질 듯한
회색빛이 되어
괴로워 몸부림치고, 공중제비를 돌며
일순간
시원한 바람으로 닦여지고

그것은 흐르고, 그것은 회오리쳐
남청색으로 바뀌어
공중제비를 돌며 괴로워 몸부림치고
"어머니, 용이예요!"
허공을 밝히는 금적색의 눈빛

「どうしたのです、
魘されたりして一」
額に母の手がかれてあつた
「もう、夜が明けましたよ」
「一龍が、おッかさん」

龍、龍、
龍が昇天する。
われら東洋の　傳説では、
新しい世の中が創まるときには
きまつて、龍が昇天する。

"어떻게 된 거야?
 악몽에 시달리고……"
이마에 어머니의 손이 놓여 있었네
"벌써 날이 밝았단다"
"---용이, 어머니"

용, 용
용이 승천한다
우리 동양의 전설에는
새로운 세상이 창조될 때에는
반드시 용이 승천한다

『一九四四年 二月號』

1944. 2

肖像

城山豹

訪ねて行つたら
人なつこい顔をして
やさしく眼で笑つた
いつでもボツプの髪を
梳つて居り
決してリボン等飾つた事がない
三人の弟の世話はひとりでやり
いたづらでも始めると
やさしく睨んで
"お父さまに叱られてよ"と
せゝらぎのやうな聲で言ふ、
そして防空演習の時は
若い羚羊のやうに飛び廻り
少しの閑ができたらこつそりと
"若きウエルテルの悩み"を愛讀し
時々短歌など
ノートにしたゝめてゐる
川邊へ散歩に出たとき
僕がしやれを飛はすと
月見草かなんぞのやうに
頰傾けて
そよ風のやうに笑つた

초상

찾아갔더니
붙임성 있는 얼굴을 하고
상냥한 눈으로 웃었다
항상 곱슬 머리카락을
빗고 있고
결코 리본 같은 것으로 장식한 적이 없다.
세 명의 남동생을 혼자서 돌보고
장난이라도 시작하면 상냥하게 쏘아보며
"아버지에게 혼난단 말이야"하고
작은 시냇물 소리 같은 목소리로 말한다
그리고 방공연습 때는
어린 산양처럼 뛰어다니며
조금이라도 여유가 생기면 가만히
"젊은 베르테르의 슬픔"을 애독하고
때때로 단가 등을
노트에 적고 있다.
강가에 산보 나왔을 때
내가 익살을 떨면
달맞이꽃처럼
고개를 기울이며
산들바람처럼 웃었다.

子等の遊び

李澡

膝深の　雪空地で
子等の　いくさ遊び―

こぶしほどの　塊　にぎりしめにぎりしめ　なげつけ　なげかへし
風無き吹雪の中に　彼我も分たぬ　激戦ひとしきり…

やがて　手まねの　休戦喇叭なりて　各々　雪まみれの　列にも
どりぬ
眉頭に　でつかいコブの子　一方の殿につく

知らず　勝は何方なりや　たゞ隊長
別れを告げて後　はじめて　其の子に
かけより　いたはりて　おんぶし帰るを見る
兄ならむ　其の背の上で　漸く　かぼそき泣聲走る

ああ　全てを　忍ぶ　我が戦の道
既に　この子等の　中に有り！

아이들 놀이

무릎 깊이 눈 쌓인 공지에서
아이들의 전쟁놀이

주먹정도의 덩어리 꽉 움켜쥐고 움켜쥐고 서로 던지고 받는다
바람은 없고 눈보라 속에 저편 이편 가르지 않고 격전이 한바
탕....

드디어 손짓의 휴전 나팔 알리고 각각 눈투성이가 되어 열로
돌아간다
미간에 커다랗게 혹이 난 아이 맨 끝에 붙어 선다

알 수 없는 승리는 어느 쪽이 되는 것인지 단지 대장은
헤어짐을 알린 뒤 처음으로 그 아이에게
달려와 위로하며 업고 돌아가는 것을 본다
형이겠지 그 등 위에서 결국 연약한 울음소리가 터진다

아아 모든 것을 참는 우리 전투의 길
이미 이 아이들 속에 있으니!

銃に就いて

大島修

靜かに銃をみたまへ。
不氣味な程にどす黒い。だが
鋭くきつい彼の表情をみたまへ。

彼は窮極の絶望にありて而も果敢なる光明を發見し
彼は無軌道の泥土にありて勁く一本の軌道を開拓し
彼は動亂のさなかにありてなほ沈靜を約束し
彼は犧牲にありてよく完成を懷抱し
彼に既知にありて千里の未知を遠望し

彼は孤独であるが思索する。
彼の思索は單純であるが多様である。
彼には科學が先住するが
しかしながら彼は常に藝術を發散する。
彼の赴くところ必然に世紀の旗となり。
彼の一喝はことごとく世紀の轟音となる。

彼は不可思議であらうか。
彼は非理の仙寰であらうか。

총에 대해서

조용히 총을 보라
불길할 정도로 거무죽죽하다. 그러나
날카롭고 다부진 그 표정을 보라

그는 궁극의 절망에 있으면서도 과감한 광명을 발견하고
그는 무궤도의 진흙탕위에서 강하게 하나의 궤도를 개척하고
그는 동란의 한창인 때 더욱 차분히 약속을 하고
그는 희생함으로써 더욱 완성을 마음속에 품고
그에게 기지가 있어 천리의 미지를 멀리 바라본다

그는 고독하지만 사색한다
그 사색은 단순하지만 다양하다
그에게는 과학이 먼저 있지만
그러나 그는 항상 예술을 발산한다
그의 향해 가는 곳 필연으로 세기의 깃발이 되고
그의 꾸짖음은 모두 세기의 굉음이 된다

그는 이상한 것일까
그는 도리에 맞지 않은 선환(仙寰-신선이 산다는 곳, 역자주)
인 것일까

彼は怪物である。しかしながら
彼は傑作である。
彼は人生の産んだ最大級の傑作である。

彼は無頼な奴隷ではない。
彼は遠來の賓客でもない。
かつて彼の一親等が
彼の人格をすべて剝奪したそのとき
僕等は彼に「眞實」の生命を賦與した。
彼は僕等の忠誠な使徒であるが
彼こそ僕等の守備神である。

その彼が憤慨したのだ。
その彼が蹶然として起上つたのだ。

今彼の戰友は南北に散らばひ
東西に駆けめぐり
彼の戰友のならびなきいさをしを
彼は今ゆつくりとかみしめてゐる。
彼は無暗に放言しない。
彼は矢鱈に嘆息しない。
彼の眼前に死が到來しても
彼は沈着を失はない。
やがて彼も征くであらう。
しかし今彼は頰笑むやうに横はつてゐる。
彼の腦裡に萬感を宿して。

그는 괴물이다. 그러면서
그는 걸작이다
그는 인생이 낳은 최대급의 걸작이다

그는 무뢰한 노예가 아니다
그는 먼 곳에서 온 손님이 아니다
옛날에 그의 일촌이
그의 인격을 모두 박탈했을 때
우리들은 그에게 '진실'의 생명을 부여했다
그는 우리들의 충성스런 사도이고
그야말로 우리들의 수비신(守備神)이다

그런 그가 분노한 것이다
그런 그가 결연하게 일어선 것이다

지금 그의 전우는 남북에 흩어져
동서로 뛰어다니고
그의 전우의 유례없는 공훈을
그는 지금 천천히 음미하고 있다
그는 무턱대고 말하지 않는다
그는 무턱대고 탄식하지 않는다
그의 눈앞에 죽음이 도래해도
그는 침착성을 잃지 않는다
드디어 그도 갈 것이다
그러나 지금 그는 미소 짓듯이 누워있다
그의 뇌리에 만감을 품은 채

○

銃。
一億の丹心をこめ
一億の悲願をこめ
何事もなきがごとく
何事のあるがごとく
泰然として架上に横はれるもの。
銃。
恐るべき幻想と現實を凌駕して
距離と時間のはるか彼方に
法外の偉業をたくらむもの。
銃。
さればこそ
鞏固なる沈默に裝塡され
自若として非思量を思量するもの。
銃。
靜かに銃をみたまへ。

○

총
일억의 단심을 담아
일억의 비원(悲願)을 담아
아무 일도 없었던 듯이
무슨 일이 있었느냐는 듯이
태연히 선반위에 얹어져있는 것
총
두려운 환상과 현실을 능가해서
거리와 시간의 먼 저쪽으로
법외(法外)의 위업을 꾀하는 자
총
그러기 때문에
견고한 침묵에 장전되어
침착하게 사특한 생각을 없애려고 생각하여 헤아리는 자
총
조용히 총을 보라

山水の匂ひ

趙靈出

かろらかに　花びらの　運びさる
山水の匂ひ　その胸騒を　如何にせむ

露の　ひとしづく
砂の　ひとつぶに

たまきはる　いのち　いきいきと
兄と　ともに　うるはしき

この　みなかみの　神寂びたる　ところ
ゆうえんと　たち籠る　紫の煙

風は　樹々の梢を　すゞろに　ありき
ひとの娘は　どんぐりの實を　ひろひ

徐に　口すざむ　さきもりの歌を
誰か　ほゝえまで　聞かざらむや

ほゝえみの　うらに
ひかりの　ひとみの　うらに

산수의 향기

경쾌하게 꽃잎을 옮기고 사라지네
산수의 향기 그 두근거림을 어떻게 할까

이슬 한 방울
모래 한 알에

목숨 생생하고
형과 함께 아름답고

이 근원의 신 고요한 곳
그윽함이 가득담긴 보랏빛 연기

바람은 나무 가지를 내키는 대로 돌아다니고
한 여자애는 도토리 열매를 줍고

천천히 읊조리는 사키모리*의 노래를
누가 미소 짓지 않고 들을 수 있을까

미소 짓는 내면에
빛나는 눈동자 내면에

---

* 사키모리(防人): 옛날에 간토(関東) 지방에서 파견되어 쓰쿠시(筑紫,큐슈)·이키(壱
岐)·쓰시마(対島) 등의 요지를 수비하던 병사.

弓上　ふりあげて　あもりせる
神話の　ますらをは　出でたちぬ

　その　母のごと
　その　妻のごと

　花も
　草も

　水も
　眞白の石も

　みな　神意に　浸りたる
　そは　愛しき　祈禱の　すがたなれ

我　いづくんぞ　ひとり　祈禱らざらむや
山水の匂ひ　この胸騷を　如何にせむ

활을 치켜들고 행차하네
신화의 늠름한 대장부는 길을 떠나네

  그 어머니의 일
  그 아내의 일

  꽃도
  풀도

  물도
  새하얀 돌멩이도

모두 신의 뜻에 잠기었네
그는 훌륭한 기원의 모습이어라

나는 어찌 혼자서 기도하지 않으랴
산수의 향기 이 가슴 두근거림을 어떻게 할까

『一九四四年 三月號』

1944. 3

捨身飼虎本生図
（玉蟲廚子右側面）

佐藤清

鐵の柱のやうな竹の林の中に、
かわいゝ七匹の子を生んで、
飢ゑに狂ふ牝虎は
その七匹の子を食はうとする。
それを見て、
園逍遙の王子の
鼓動はとまり、
手足は急に冷え、
脹はぼつたい兩眼の中には、
深い決意が浪うつてくる。
「見てはゐられぬ、
直ちに救はなければならぬ」と。
突然、彼は衣裳をぬぎ、
まつさかさまに虎に向かつて身を投げる。
　　　　　（この時、
ひんぶんたる蓮華は、
王子の身のまはりをちりばめてしまふ、）
だが、目のまへの美しい肉も
彼には誘惑とならぬ、
それほど激しい飢ゑに、
虎はじつとして身じろぎもしない。

사신사호본생도

- 다마무시노즈시*우측면-

쇠기둥 같은 죽림 속에
귀여운 일곱 마리 새끼를 낳고
배고픔에 미친 암호랑이는
그 일곱 마리 새끼를 잡아먹으려고 한다
그것을 보고
정원을 소요하던 왕자의
심장은 멎고
손발이 갑자기 차가워져
부은 부석한 두 눈에는
깊이 결의가 물결쳐 왔다
"보고 있을 수만은 없다,
바로 구하지 않으면 안 돼"하고
돌연 그는 의상을 벗어
곤두박질쳐 호랑이를 향해 몸을 던진다
　　　　　(이때
흩날린 연화는
왕자의　몸 주변을 뒤덮어버린다)
그러나 눈앞의 아름다운 육체도
그에게는 유혹이 되지 않았다
그 정도로 심한 굶주림에
호랑이는 가만히 미동도 하지 않는다

---

* 다마무시노즈시(玉蟲廚子): 백제시대 목조 불전

王子は矢庭に割つた竹を
頸につき刺し、血管を破つたので、
血はふつふつと留めどなく流れる。
大虎は王子の血に撃たれ、王子の血にまみれ、
赤銅の皮膚も底光り強くなり、
(笹の葉はきりきり舞ひして吹き飛んでしまふ、)
おとも立てず、咽喉をうるほしたと思ふと、
虎は初めて遠い氣力をとりもどす。

またがる虎に、
肉を與へる王子の慈悲、
七匹の虎の子に取りまかれ、
竹の林の中に、
自分の肉を與へる王子の慈悲、
今の世に想像さへ出來ぬ、
猛獸に身を與へる王子の慈悲。

あゝ、
捨身捨命！
時空をつらぬいて、まばゆく、
一面に淨土がかゞやいてゐる。

왕자는 그 자리에서 쪼갠 대나무를
목에 찔러 혈관을 잘랐기 때문에
피는 콸콸 한없이 흘렀다
큰 호랑이는 왕자의 피가 튀어, 왕자 피에 범벅이 되어
적동색의 피부 속까지 빛나고 강해졌네
(가는 대나무 잎은 뱅뱅 돌다가 날아가 버리고 만다)
소리도 없이, 목을 축였다고 생각하자
호랑이는 처음으로 떨어진 기력을 되찾았다

걸터앉은 호랑이에게
몸을 준 왕자의 자비
일곱 마리 호랑이 새끼에게 둘러싸여
대숲 속에
자신의 몸을 준 왕자의 자비
이 세상에서 상상조차 할 수 없다
맹수에게 몸을 내준 왕자의 자비

아아,
버린 몸, 버린 목숨!
시공을 초월해 눈부시고
일면에 정토가 빛나고 있다

二十年近くも

佐藤清

二十年近くも、こゝにゐると、
自分もこゝに生えぬきのやうな感じがする。
しかし空間的な内地の意味も、
時間的な内地の意味も、
こゝにゐると、恐しいほど、
新装をこらして迫つて来るのだ。
歴史の奥行きが實に深まつてきて、
殊に、このごろの我我の思想の飛躍は、
千年まへの委曲を「今」の条理に内觀せしめ、
靜脈の尖端までも青く透きとほり、
我我同根の事實を實感せしめるのだ。
我我は何と言つても一つだし、
又、一つになつてゐなければ生きちやゐられないのだ。
私は死んでも、
この信念だけは永久にきざみつけられてあれ、
一本の裸木にも、一個の石ころにも、
夕日のやうな赭土にも、聖なる碧い空にも。

이십년 가깝게도

이십년 가깝게도, 여기에 있으니
자신도 여기 토박이 인 듯 한 느낌이 든다
그러나 공간적인 내지(일본, 역자주)의 의미도
시간적인 내지의 의미도
여기 있으면 무서울 정도로
새로운 것들이 엉기어 다가오는 것이다
역사의 심오함이 실로 깊어져 와서
특히 요즈음 우리들의 사상의 비약은
천 년 전 상세한 일들을 '현재'의 도리로서 자기의
사상이나 언동을 돌아보게 하여
정맥의 끝까지 파랗게 비춰 보이고
우리들이 같은 뿌리라는 사실을 실감하게 하는 것이다
우리들은 뭐라고 해도 하나이고,
또 하나가 되지 않으면 살아갈 수 없는 것이다
나는 죽어도
이 신념만은 영구히 마음에 깊이 새겨져 있으리
한그루의 앙상한 나무에도 일개의 돌멩이도
저녁놀 같은 적갈색 흙에도 성스러운 푸른 하늘에도

『一九四四年　四月號』

1944. 4

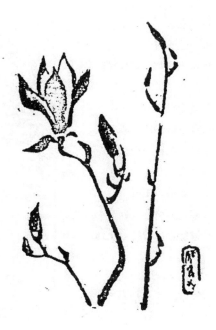

非時香菓
-田道間守の系譜を想ふ-

金村龍濟

一

垂仁天皇の御代三年
天日槍なる新羅の王子
さしのぼる日の東をさして
をぶね漂ふ波路はいく重いく尋
播磨國の宍粟邑に着いてぞみれば
時はうるはし春三月
花かざす世はすべてのどに謳へる

みやこより遣はせる
大友主と長尾市はあやしみて
「いましは何れの國のなに人ぞ」
天日槍答へてまをさく
「やつがれは新羅の王子なり
日本國に　聖皇有すとうけたまはりて
おのが國を弟知古に授けて化歸けり」

さて臣がささげるは
この七種のみつぎものなり-

감귤

-다지마모리(田道間守)의 계보를 생각한다-

一

수이닌 천황의 성대 삼년
아마노히보코(天日槍)가 된 신라의 왕자
태양이 솟아오르는 동쪽을 향해
쪽배타고 떠다닌 파도 길은 몇 겹 몇 길
하리마(播磨) 지방의 시소마을(宍粟邑)에 도착해 보니
때는 아름다운 춘 삼월
꽃으로 장식된 세상은 모두 노래를 부른다

궁궐에서 보낸
오오토모누시(大友主)와 나가오치(長尾市)는 이상히 여겨
"그대는 어느 지방의 누구냐?"
아마노히보코가 잠시 간격을 두고 대답하길
"저는 신라의 왕자이고
일본국에 천황이 계시다고 들어서
저의 나라를 동생 치코(知古)에게 물려주고 왔습니다"

그래서 신하가 바친 것은
이 일곱 가지의 공물이라--

羽太玉　一個
足高玉　一個
鵜鹿鹿赤石玉　一個
出石小刀　一口
出石桙　一枝
日鏡　一面
熊神籬　一具
(則ち但馬國に藏めて
常に神物と為す)
且つ天日槍がねがふ、
住みよき地を意のままに聽して
そのこころざしを嘉みしたまへり

かくてよろこべる天日槍は
陶人らの從者と菟道河のかみ方に行き
近江國の吾名邑にしばらくは住み
やがて若狹國を經て但馬國に來て永住
みめうるはしき麻多鳥を娶りて
世世この地に榮えたり
その子は但馬諸助にして
その孫は但馬日樽杵
その曾孫は清彦
その玄孫が田道間守なり

하후토(羽太)의 옥 하나
아시타가(足高)의 옥 한 개
우카카의 붉은 돌옥 한개
이즈시 주머니칼 하나
이즈시 창 하나
해거울 하나
쿠마의 히모로기(神籬: 신이 강림할 때 매체가 되는 것, 역자
주) 한 구(具)*
(바로 다지마 지방에 두고
항상 신의 보물(神物)로 하였다)
게다가 아마노히보코가 바라는
살기 좋은 땅을 뜻대로 허락하여
그 마음을 가상히 여기셨다

이리하여 기뻐한 아마노히보코는
데리고 있던 도예인들과 우지가와(菟道河)의 교토부근에 가서
오미(近江) 지방의 아나읍(吾名邑)에 잠시 살았고
이윽고 와카사노(若狭)를 거쳐 다지마 지방에 와서 오래 살았다
보기에 아름답고 고운 마타오(麻多烏)를 아내로 맞아
세세 이 땅에서 영위하였다
그 아이는 다지마노모로스케(但馬諸助)이고
그 손자는 다지마노히나라키(但馬日楢杵)
그 증손은 기요히코(淸彦)
그 현손이 다지마모리이다

___

* 『니혼쇼키(日本書記)』에 서술된 내용으로 일본에 귀화한 신랑왕자가 바친 공물로 위의
일곱가지를 언급하고 있음.

二

御代の九十年春二月
田道間守を常世國に遣はして
いともめでたく、めづらしき
非時香菓を求めしめたまへば
臣は　みことおほせかしこみて旅立ちぬ
さはれ、その道はいかにはるけく
その贄物はいかに求めがたきや
あはれ、萬里の異域に獨りさまよひて
ああ戀闕の情十年を空しうせり
御代の九十九年七月
紅葉のまだ早き野に山に
霜をよぶ秋風はかなしく立ちて
ああ　すめらみことは
纏向宮に崩りましぬ
かの田道間守の復命
つひにきこしめされず

明くる年春三月
田道間守今ここに
頬のやつれも旅のつかれも物かは
ただひとすぢに千秋の思ひを燃やせて
これぞ非時香菓八竿また八縵
さはにもちて還り得たるも
ああ天地に時はすでに去り
大君はゐまさず

二

천황 90년 봄 2월
다지마모리를 상세국에(常世国, 일본에서 멀리 떨어진 다른 세
계, 역자주) 보내어
매우 평판이 좋고 귀한
감귤을 구해오도록 하시니
신하는 어명을 받들어 길을 떠났다
그런데 그 길은 너무나 멀고
그 결실은 얼마나 구하기 힘든지
가련하게 만리 이역에 혼자 방황하였다
아아 궁궐을 그리워하는 마음 십년을 헛되게 하였다 천황이 99
년 7월
낙엽이 들이나 산에 아직 빠른 때
서리를 부르는 가을바람은 슬프게 불고
아아 우리의 천황은
마키무쿠궁(纒向宮)에 묻히셨다
다지마모리의 복명
결국 듣지 못하시고서

다음해 춘삼월
다지마모리 지금 여기에
볼이 야윈 것도 여행의 피곤함도 아랑곳 않고
오로지 한줄기 오랜 세월 의지를 불태우고
가져온 것이 감귤 8바구니와 8그루
그렇게 들고 돌아왔지만
아아—천지에 때는 이미 사라지고
천황은 계시지 않고

菅原の伏見陵にをろがみ向けて
しこの身を伏しまろばせつ
あはれ、田道間守泣悲ちてまをさく
「かしこくも　みことのりを承りて
滄海の峻き瀾を踏み
はて知れぬ弱水を渡りて
かの神仙の秘境なる常世國に
往來ふ間に十年は經たり
今幸ひに無事の歸朝も
ひたすらに神靈に賴りてなり
されど斯くもながき年月を費せる
あに不忠の罪をのがれむや
この非時香菓なにの甲斐かあらむや
臣また生き殘りてなにの益かあらむや」
あはれ、あはれ純忠田道間守
聲をはなちて叫び哭、おらびなき
咽喉の笛血に裂けてつひに頭を擧げざり
ああ　みささぎの邊の草を枕に
流星のごとく自らいのちまかれり
これを聞き、これを見て
空の雲あしも得行かず、鳥も得歌はず
まへつ臣たちもみな涙ながしつ
野のともがらも惜みて讚へつ
―おお忠死！　田道間守の魂魄よ

스가와라노후시미의 능에 배례하고
자신의 몸을 엎드려 움츠리고
가련하게 다지마모리 울며 슬퍼하길
"황공하게도 천황의 명을 받아
파란바다 높은 파도를 헤치고
끝없는 잔물결을 건너
그 신선의 비밀경계인 상세국에
다녀오는데 십년이 경과되어
지금 다행히 무사히 돌아온 것도
오로지 신령에 의지하여서이지만
이렇게 오랜 세월 세월을 소비했다
불충의 죄를 어찌 피하랴
이 감귤이 무슨 소용이 있으랴
신하가 또한 살아남아 무슨 소용이 있으리오"
가련하고 가련한 순수한 충신 다지마모리
소리를 내어 통곡하고 큰소리로 울부짖어
목의 혈관이 찢어지고 결국 머리를 들 수 없었다
아아-천황의 능 주변 풀을 베개로
유성처럼 스스로 목숨을 끊었다
이것을 듣고, 이것을 보고
하늘의 구름도 발을 옮기지 못하고 새도 노래할 수 없었다
앞에 선 신하들도 눈물 흘렸다
당시 백성들도 안타까워하며 기렸다
--아 충성스러운 죽음! 다지마모리의 혼백이여

『一九四四年 五月號』

1944. 5

わたつみのうた

杉本長夫

山道をとおくまはると
四月の海が見えた
につぽんの眸とも思はれる
につぽん海のまさをな水が
碧玉の空と融け合つてゐる

近づくにつれて
解けがたい蠱惑の表情で
海は私の心をひく
人影の見えない濱邊で
終日囁きつゞけてゐる海
その囁きには戦のひゞきが籠り
海にでた若者達の
耳なれた聲も秘められてゐる
若い日の海にむかつて
旅の日をたゞひとり
私は不思議な音樂に耳傾ける

해신(**海神**)의 노래

산길을 멀리 돌아보니
4월의 바다가 보인다
일본의 눈동자로도 생각된다
일본 바다의 새파란 물이
벽옥의 하늘과 서로 녹아있다

다가감에 따라
풀기 어려운 고혹적인 표정으로
바다는 나의 마음을 끈다
사람 그림자 보이지 않는 바닷가에서
종일 계속 속삭이는 바다
그 속삭임에는 전쟁의 울림이 담겨있고
바다로 나간 젊은이들의
낯익은 목소리도 감춰져있다
젊은 날 바다를 향하여
여행의 날들을 오로지 혼자서
나는 이상한 음악에 귀를 기울인다

碧靈のこゑ
-佐藤清氏に-

川端周三

自然もこゝろも
なにもかも、
そのはげしさに浮遊をゆるさず、
碧靈の青一色に塗りこめられて、
一見無為としか念へぬ。
異邦人とは誰のことだらう。
あなたこそ、
朝鮮への、
正氣の泥醉者。
ふりそゝぐ日光や寒氣や碧空を、
うつくしく反へして、
斷絶した美に千年の力を與へ、
ほとんど死に絶えた耳に、
熱い息吹きをふきこんで、
隱密な人情や生のいのちを、
大和への歸依の道に花さかしめる。
交趾釉壺に秘色をさぐり、
魂のかげかとまどはする、
高麗の空を歌ひ、
さては曇微、慈慧に哭す、
浄土日本への切々たる愛着と悲願、

벽령의 음성
-사토기요시씨에게-

자연도 마음도
모두가
그 격심함에 부유(浮游)를 허락하지 않고
벽령 한 가지 파란색으로 칠해져
한눈에 자연그대로인가 생각된다
이방인이라는 것은 누구를 말하는가
당신이야말로
조선의
정기(精氣)의 만춰자
내리쬐는 햇빛이나 추위는 파란 하늘을
아름답게 바꾸어
단절된 아름다움에 천년의 힘을 넣어
거의 모든 죽음에 단절된 귓가에
뜨거운 입김을 불어넣어
은밀한 인정이나 삶의 생명을
야마토 귀의의 길로 꽃피웠다
교류의 흔적을 광택의 항아리에서 청자를 찾아
영혼의 그림자인가 당황스럽게 한다
고려의 하늘을 노래하고
결국 담징, 혜자에 통곡한다
정토 일본에 절절한 애착과 비원(悲願)

（あ、よろこびはながいながい暗闇のあつから來た）
あなたの詩を誦してゐると、
精魂凝つた詩句の餘情は、
血に晴れあがつた碧天から、
滴となつてしたゝり熄まず、
渇いたこゝろは不思議に美しい花綵のかげで、
しびれるやうな雅樂に盈たされてしまふ。
これをわたしの魂の祭典として、
享けていゝのだらうか。
これは碧靈のこゑではなからうか。

(아아-기쁨은 길고 긴 어두움의 흔적에서 왔다)
당신의 시를 암송하고 있자니
맑은 영혼을 견준 시구의 여정은
피로 맑아진 푸른 하늘에서
물방울이 되어 떨어져 사라지지 않고
갈증 난 마음에 이상하게 아름다운 하나즈나*의 뒤에서
마비되듯 아악에 충족되고 만다
이것을 우리 영혼의 제전으로서
받아들여도 좋은 것일까?
이것은 벽령의 목소리는 아닐까?

---

* 하나즈나(花綵): 꽃, 열매, 잎 등으로 장식하거나 그 모양으로 만든 도기 양식)

思慕詩篇

則武三雄

そのゆたかな頬は
今、なにを想つてゐるであらう。

ゆるやかに日が回つてゐる下
白い光のなかから
私はその内部に歩み入つた
そして君を見出したのだが—。
博物館の、それは硝子の函の中に入れられた三國佛
私は君とあふために旅をした。
そして私はすぐ出てゆく身
君と再びあふこともないだらう
況して戒衣の身なれば—。
青銅は古び、青錆がし
右の人指しを頬にあて
肘をあげて
左の膝に組むでゐる。
左の肢は其儘下にながれてゐる。
三國時代　半跏の像といふのだ。
私は再び忘れまいとして
君をひたに視る。

사모시편

그 풍성한 볼은
지금 무엇을 생각하고 있는 것일까

서서히 해가 가고 있는 아래서
하얀 빛 속에서
나는 그 내부로 걸어 들어갔다
그리고 그대를 발견했는데-----
박물관의 이것은 유리 함안에 들어있던 삼국불
나는 너와 만나기 위해 여행을 떠났다
그리고 나는 곧 떠나갈 몸
너와 다시 만날 일도 없겠지
하물며 군복의 몸이 되면
청동은 오래되어 파랗게 녹이 슬고
오른쪽 중지를 볼에 대고
팔꿈치를 들어 올려져있고
왼쪽 무릎에 꼬고 있다
왼쪽 팔다리는 그대로 아래에 내려져있다
삼국시대 반가의 상이라고 한다
나는 다시 잊지 않으려고
너를 그저 바라본다

遠い以前に、かつて君に肖たひとを識つてゐたやうに
睫毛の下の影を。
それは眸をひらいてゐるとも見えない
それは笑つてゐるやうに
影が光となり
また私の眼眸に
既に答へてゐるやうにひそまつてゐる。

千年も君はさうしてきたのだらうか。
現在、硝子函のなかに
千年の同じ姿勢をしてゐる
肩先を傳はつて千年も美を流しながら
あなたは生きてきた。
君は不思議な生物だ。
思慕の心を溶して
湖のやうに搖曳してゐるのを
私は硝子函に徒刑された君の肩の先方に視る一。

その間に三年が過ぎてしまつたやうに
私は思ふのだ。
私は目ばたきする。
外方の光が白くてはげしいのに
私は足を回らさう
白い蝶のやうに君の上に留まるものを君の上に遣して一

먼 옛날 일찍이 너를 닮은 사람을 알고 있었다는 듯
속눈썹 아래 그림자를
그것은 눈을 뜨고 있다고 보이지 않는다
그것은 웃고 있는 듯이
그림자가 빛으로 되고
또 나의 눈동자에는
이미 답을 한 듯이 숨어있다

천년이나 너는 그렇게 온 것일까
지금, 유리함 속에
천년과 같은 자세를 하고 있다
어깨부터 전해져 천년이나 미를 전하면서
너는 살아왔다
너는 이상한 생물이다
사모의 마음을 녹이고
호수처럼 흔들리고 나부끼는 것을
나는 유리함에 박혀있는 너의 어깨 앞부분을 본다---

그사이에 삼년이 흘러가버린 듯이
나는 생각하는 것이다
나는 눈을 깜빡였다
밖의 빛이 하얗게 격심한데
나는 발을 돌리려한다
하얀 나비처럼 너의 위에 머무는 것을
너의 위에 두고----

『一九四四年　七月號』

1944. 7

學兵の華
わが朝鮮出身の光山昌秀上等兵の英靈に捧ぐる詩
金村龍濟

先登志願の君につづいて
なつかしい學帽を風にすて
あたらしい軍帽の星をいただき
筆を劒に、書冊を地圖に代へた時
幾萬の足どりは青い雲を捲き立てた

かの軍門になだれこむ榮えある日
入營旗の君たちの名が朝風に鳴り
春を待つ裸の櫻の枝に抱きからむ時
私の萬歳の聲は熱い涙にむせんだ
おおそれから半歳君はどうしたか

暁を呼ぶ消燈を告げるラッパの音に
營庭の若き櫻はしづかによみがへり
君たちの母校や家郷の草木と共に花咲き
君たちの襟章の星は一つ一つふえて行つた
そして一番乗りの君は北支前線に立つたのだ

학도병의 꽃

우리 조선 출신의 **光山昌秀** 상등병 영령에 바치는 시

맨 먼저 지원한 너에 이어
그리운 학모를 바람에 버리고
새로운 군모의 별을 받아
붓을 검으로, 서책을 지도로 바꾸었을 때
몇 만의 발걸음은 파란 구름을 소용돌이 쳤다

그 군문(軍門)에 쏟아져 들어오는 번창한 날
입영 깃발의 그대들의 이름이 아침바람에 날리고
봄을 기다린 벌거벗은 매화가지에 둘러싸여 얽혀있을 때
나의 만세 소리는 뜨거운 눈물에 목이 메었다
오오-그로부터 반년 그대는 어찌된 것일까?

새벽을 알리는 소등을 고하는 나팔 소리에
군영 정원의 어린 매화는 조용히 소생하고
그대들의 모교나 고향의 초목과 더불어 꽃을 피우고
그대들의 배지의 별은 하나씩 늘어갔다
그리고 가장 먼저 적진에 뛰어드는 그대는 북중국 전선에 간
것이다

螢もまだ早い大陸の夜のしじまのなかに
單哨の鐵道を急襲した大敵を捉へてたたき
ああ原野の草の葉に朱の血を流す時
「敵は…敵は」撃れてなほ任務を忘れず
「天皇陛下萬歳」戰友の胸に華は刻まれた

われら二千五百萬、また後輩の徴兵百萬
この悲報に憤り燃えんとする時
二階級特進の恩命に亦感泣して叫ぶ
「ここに君の華あり、美はしき朝鮮あり
おお神位に昇る英靈よやすらかに」

반딧불도 아직 이른 대륙의 밤의 침묵 속에
홀로 보초서는 철도를 급습한 대적을 붙잡아 공격하고
어느 미개척 벌판의 풀잎에 붉은 피를 흘릴 때
"적은…적은" 쓰러져도 오히려 임무를 잊지 않고
"천황폐하 만세" 전우의 가슴에 꽃이 새겨졌다

우리들 2천 5백만, 또 후배의 징병 백만
이 비보에 분노로 불타려 한때
이 계급 특진이란 은명(恩命)에 또 감읍하여 외친다
"여기 그대의 꽃이 있고, 아름다운 조선이 있고
오오- 신령을 모시는 장소에 올라가는 영령이여 평안하소서"

＝詩二篇・生産の前線にてうたへる＝

乏しい水をめぐつて蛙が和し

川端周三

夜業の音はまだつゞいてゐる
晩春の夜と暁のあはひ。
出港準備の艦隊のやうに
工場といふ工場が灯をともし
建物全體で唸つてゐる。
時ならぬ霰や霙は
モーター一群の物凄い廻轉が
地軸の傾度をかへるからではなからうか。
酸素熔接の閃光に
パツト露出する鐵塔の碍子やチユーブ。
雑草原。
屑鐵の堆積。
引込線の赤い灯だけに
かすかな安堵を覺えるが
それとて快樂の相といふものでなく
若葉のそよぎや蛙の聲にも
ひしひし迫る緊迫感。
戰場から、英靈から
絶ゆることなく充電される精神が放つ
強烈な
あれらだ。

－北鮮製鋼所にて

=시2편・생산 전선에서 노래한다=
부족한 물을 둘러싸고 개구리가 화답한다

밤일하는 소리는 아직 이어지고 있다
봄이 만연한 밤과 새벽 사이
출항 준비의 함대처럼
공장이라고 하는 공장은 불을 밝히고
건물전체가 소리를 낸다
때 아닌 싸라기눈과 진눈깨비는
모터들의 굉장한 회전이
지축의 경사를 바꾸는 것은 아닐까
산소용접의 섬광에
확-노출하는 철탑의 애자*나 튜브
잡초 들판
고철의 퇴적
갈라 진 철로의 빨간 등만이
희미하게 안도를 느끼지만
그렇다고 쾌락의 모습이 아니라
어린잎의 산들거림이나 개구리 소리도
절실하게 다가오는 긴박감
전쟁터에서 영령에게서
멈추는 것 없이 충전된 정신을 빛낸다
강렬한
그들이다

--북조선 제강소에서

---

* 애자(碍子): 전선(電線)을 지탱(支撑)하고 또 절연(絶緣)하기 위(爲)하여 기둥 따위 구
조물(構造物)에 장치(裝置)하는 제구.

現場のひる
─黒船鑛士におくる─

佐藤信重

てらてらと眞黒に光る顔、
眼の色と唇だけが妙に際立つ顔、
汚れた坑内者もかつては清々しい白衣であつたらう。
汗の染んだ黒い鉢巻もさらりとしたタオルであつたのに…
おびんづるさまのやうな恰好、
その黒光りする手で辨當を開く
小さい籃の紙包みを開いては箸をつけ
粟飯を大きくはさんでは口一杯に頬張る
樂しさうな食事、天井は蒼空、
腰を下ろすは黒船詰めた叭の上─
錆脈と取組んでゐた先刻の逞ましさは失せて
素朴な言葉が、わらひの出る場所をさぐりあつてゐる。

山稜に沿ふてうねる小徑の彼方
事務所が見える、選鑛場が見える
どこもここも黒光りしてゐる戦場だ、
みんなが黒光りすればする程
黒船増産の目盛りが昇る、

현장의 오후
-흑연 광부에게 바친다-

번들번들 새까맣게 빛나는 얼굴
눈 색과 입만이 이상하게 눈에 띄는 얼굴
더럽혀진 갱 안의 사람도 예전에는 개운한 백의(白衣)였겠지
땀이 번진 검은 머리띠도 매끈한 타월이었는데…
빈두로*같은 모습
그 검게 빛나는 손으로 도시락을 연다
작은 상자의 종이봉투를 열어서는 젓가락을 집어
조밥을 크게 싸서 입에 가득 미어지도록 넣는다
즐거운 듯 한 식사, 천정은 파란 하늘
앉는 곳은 흑연을 가득 쌓은 가마니 위
광맥에 매달려있던 가장 앞에선 씩씩함은 잃고
소박한 말이 웃음이 피어오르는 장소를 서로 찾고 있다

능선을 따라 굽이치는 작은 길 저쪽 편에
사무소가 보인다. 선광장(選鑛場)이 보인다
여기 저기 검게 빛나고 있는 전쟁터다
모두가 검게 빛나면 빛날수록
흑연 증산의 눈금이 올라간다

---

* 빈두로(賓頭盧): 불교 십륙 나한의 하나

だが、見よ、あの旗を
事務所前の廣場に翻る國旗の色を！
あれだけは眼に沁みるやうな白さだ
燃えるやうな赤い日の丸！

わたしの感傷などには拘りなく
一服濟んだ鑛士達は、默々として坑口にはいつていつた。

그러나 보라, 그 깃발을
사무소 앞의 광장에 날리는 빨간 히노마루를!
저것만은 눈에 스며들 듯 한 하얀색이다
타는 듯 한 빨간 히노마루!

나의 감상 같은 것과는 상관없이
잠시 쉬었던 광부들은 묵묵히 갱 입구로 들어가고 있었다

詩三篇(新人推薦)

新井雲平

鷗

海があまりにも潤いので
鷗は途方に暮れてゐるのだ

へうべうとした地平線
翼を擴げた鷗鳥…

夜明けの
海があまりにも靜かなので
鷗はあんに騒いでゐるのだ

燈

幾夜さを　燈　あけて
わたくしは祈りつづけた

燈のそとでは默り込んだ樹々の梢を
耳聴く風が揣みついては
ふたたび靜かに離れてしつた

たゞひとつの事を念じて
それだけで私の唇は渴いていつた

시3편(신인추천)

갈매기

바다가 너무나 눅눅해
갈매기는 어찌할 바를 모르고 있는 것이다

어렴풋한 지평선
날개를 펼친 갈매기

새벽녘의
바다가 너무나도 조용해서
갈매기는 몰래 떠들고 있는 것이다

등

며칠 밤을 등불을 켜고
나는 계속 기도했다

등 바깥에는 입을 다물어버린 나무 가지들을
귀에 들리는 바람이 불어와서는
다시 조용히 떠나갔다

여행 하나만을 마음에 두고
그것만으로 나의 입술은 갈증이 더해갔다

祖母

十五の時お嫁にきたといふ
祖母の手に織られた麻布は
水を注いでも洩らなかつた-

叔父はそれを着て働き
わたくしもそれを着て旅に出た

洋服を着て祖母の許を訪ねれば
もう力のなくなつた手を出して
なんども上衣の生地を揉んでゐる

私はむかし祖母の手で切つてもらつた
お軆までいつしよに見せてしまふ

할머니

열다섯 살 때 시집왔다고 하는
할머니의 손에 만들어져있는 마포(麻布)는
물을 부어도 새지 않았다---

숙부는 그것을 입고 일하고
나도 그것을 입고 여행을 떠났다

양복을 입고 할머니의 곁에 가면
벌써 힘이 없어진 손을 내밀어
몇 번이고 상의의 직물을 주무르고 있다

나는 옛날에 할머니의 손에 받아진
몸까지 함께 보여주고 만다

『一九四四年 八月號』

1944. 8

無題

-サイパン島全員戰死の英靈を迎へて-

達城靜雄

九段の空高く　香りを薫らせよ
母上よ。雲雲や　日月や　星辰がためにはあらず
わが生身　火塀となりて　息が切れるに！

母上よ　この豊さは　哀しみにあらず
我が肩に　空は今あまりに重し
花花も、
そよぐ樹の葉も、
あまりに重し。

母上よ。彼處なり、汝が生める我が同胞の碧靈皆歸へれるは
アツツより、マキン・タワラより、將又サイパンより、
全員戰死して　歸へれるは
彼處なり　彼處なり　ああ　耐へえぬ色に　色添へて

母上よ。あの雄叫びは　彼處なり
蒼き血潮の　絶えなく降りて
大いなる聲、我を呼ばふ。

무제
−사이판 섬 전원 전사 영령을 맞이하며−

구단(九段)의 하늘 높이 향기를 피우라
어머니여! 구름이나 해와 달이나 별들을 위해서가 아니라
내 한 몸 불집이 되어 숨이 끊어지려니!

어머니여 이 풍요로움은 슬픔이 아니라네
나의 어깨에 하늘은 지금 너무나 무겁고
꽃들도
살랑대는 나뭇잎들도
너무나 무겁다

어머니여! 저곳이리라, 그대가 낳은 내 동포의 푸른 영혼이
모두 돌아올 곳은
앗츠(Attu)에서 매킨・타와라에서 또한 사이판에서
모두 전사하여 돌아오는 곳은
저곳이리, 저곳이리. 아아−견딜 수 없는 색으로 물들어

어머니여, 저 용맹스런 외침은 저곳이다
창백한 피가 끊임없이 흘러
위대한 목소리, 나를 부를 것이다

ああ　うれしきかな　うれしきかな
生贄は　我にあらずば　他に居らず。

母上よ。われも又　槍持て立たむ
船出せむ
サイパンへ！
マキン・タワラへ！
アッツへ！

　　　　　　反歌

あゝ　うれしきかな　うれしきかな
往き來る風に　頰すり寄せて
われ、呼吸し　皇國に在るは。

아아, 기쁠 것이다 기쁠 것이다
산 제물은 내가 아니면 달리 없으리

어머니여! 나도 또한 창을 들고 일어날 것이다
배를 띄울 것이다
사이판으로!
매킨·타와라로!
앗츠로!

         \<반가\>

아아 마음 즐겁구나 마음 즐거워
오가는 바람에 뺨을 기대며
우리 호흡하며 황국에 있는 것은

一億憤怒

杉本長夫

噫、サイパンの悲報に接す
この島は皇土の守り
内南洋樞要なる前衛據點
忘るべからず六月の日は十五
驕敵侵攻の火箭は揚る
一億の憤怒のこゝろ
日に夜に祈り捧げて
神命のあつき護りに
撃滅の炎を焚けども
十重二十重鐵の襖に
そゝぎくる赤き嵐に
血とちからさゝげ盡して
いやはての兵士や在留の同胞
しゝむらは碎けて散りて
南溟の土とはなれど
國擧げて受け繼ぐ誓
天つ日の空を貫き
敵愾の念　熔岩のごと流れて止まず

일억의 분노

아아– 사이판의 비보를 접한다
이 섬은 천황의 땅을 지키는
남태평양 안의 중추적인 전방의 거점
잊지 못할 6월의 날은 15일
교만한 적 침공의 불화살은 날았다
일억의 분노의 마음
낮이나 밤이나 기도를 올리고
신명의 두터운 보호에
격멸의 불꽃을 불살라도
십 중 이십 중으로 덮어
쏟아지는 붉은 태풍에
피와 힘을 다 바쳐서
최후의 병사나 거주하고 있는 동포도
살덩어리는 부서지고 흩어져
남태평양의 흙이 되었지만
국기를 들고 이어가는 맹세
태양이 있는 하늘을 찌르고
적의 한숨어린 마음 용암처럼 흘러 멈추지 않는다

物量に據る敵にしあれば必ずや
これに勝りて生み出し造り出して
大和魂　空の翼に天翔り
撃ちて懲さん
吾等こそ四面を海に
生きぬきし聖土の御民
東天の錦旗のもとに睦びたる
うれしき歴史　めでたき御民
きたれいざ試練のしもと
敵愾の念　熔岩のごと流れて止まず
凛呼たる固き決意に
來るものこれことどとく
勳滅し仇をかへさん

물량으로 근거를 삼는 적이라면 더욱이
이것에 이김으로서 창조를 만들어내고
야마토의 혼, 하늘의 날개로 하늘을 날아
쳐부숴 징계하려 한다
우리들이야말로 사면을 바다로 하여
살아남는 성토(聖土)의 국민
동쪽하늘의 면깃발(일장기, 역자주)아래 정답게 지낸다
고마운 역사 경사스런 국민
단련하라 자-시련의 훈계
적의 한숨어린 마음 용암처럼 흘러 멈추지 않는다
늠름한 굳은 결의에
오는 자 모두 깡그리 이처럼
섬멸하여 원수를 돌려보내지 않으려한다

チサ

佐藤清

ひとかぶのチサ、
充分洗つたひとかぶのチサ、
油をとほし、
少しほをふつて、
あたゝかい、
自分でたいた飯をつゝんでたべる、
夕日に向ひ、
散るアカシアに向ひ、
ひとりでたべるチサ、
崔載瑞に教へてもらひ、
今年もたべるおいしいチサ、
しかしそれも
(長い、長いとしつきののち)
今年きりにはなつたが、
舌ざはりに微塵の感傷もない。
しかしこのチサにこもつてゐる味、
誰がこれを分析し、
誰がこれを綜合しよう。

상추

한포기의 상추
충분히 씻었다 한포기 상추
기름을 발라
조금 소금을 뿌려
따뜻하다
내가 지은 밥을 싸서 먹는다
저녁놀을 마주하고
지는 아카시아를 마주하여
혼자서 먹는 음식
최재서에게 배워
올해도 먹는 맛있는 음식
그러나 그것도
(길고 긴 세월이 흐른 후)
올해로 끝났지만
식감은 조금의 느낌도 없다
그러나 이 상추에 담긴 맛
누가 이것을 분석하고
누가 이것을 종합할까

魚雷を避けて
-對潜監視の一體驗-

尼ヶ崎豊

紺青の貝中
白き鬐逆立て
まつしぐらに迫りくるものあり
駿馬の狂奔か
固唾のむいとまなき
一瞬の緊張

魚雷！魚雷！魚雷！
ほどばしる叫び
咄嗟の喚き
取舵！
取舵！
取舵！

警笛けたたましく鳴り響き
遽かに勃る騒擾の氣配
突爾龍骨の軋り折るがごとく
はげしき船體の動搖
五體宙に浮き
足許よろめき
まさに間一髪

어뢰를 피해서
-잠수함 감시에 대한 하나의 체험-

감청의 조개 안
하얀 구렛나루 거꾸로 세우고
쏜살같이 육박해 들어가는 것도 있고
준마(駿馬)의 광분인지
마른 침 삼킬 틈도 없이
일순간의 긴장

어뢰! 어뢰! 어뢰!
달리는 걸음 소리치고
순식간의 외침
키를 잡아라!
키를 잡아라!
키를 잡아라!

경적이 요란하게 울려 퍼지고
갑자기 일어난 소동의 낌새
양쪽으로 돌출된 용골*이 삐걱거리고 끊어진 것처럼
극심한 선체의 동요
온몸이 허공에 떠져
발걸음 비틀거리고
정말 아슬아슬한 순간

---

* 용골(龍骨): 선박 바닥의 중앙을 받치는 길고 큰 재목으로 이물에서 고물에 걸쳐 선체를
받치는 기능을 한다.

妖魔のごとく
流星のごとく
右手の舷すれすれに
戰慄を凉めて
疾驅せる鐵體の
青き蜒り斷ち裂きて
跳躍せる
白線一條--

軈て
雷跡の虛しきを殘して
ふたたび船は進みゆけり
青みどろ果てしなきところ
赤道近き大海原の
危機を孕める針路の不氣味なる
雪のごとき
陸のごとき
茫漠たる眺望の彼方を目指し
何事も知らざるが如く
何事も知らざるが如く

요망하고 간사한 악마처럼
유성처럼
오른쪽 현을 닿을락 말락
전율을 스치고
질주하는 철체의
파란 함정은 끊고 찢어
비약한다
흰줄 한줄기--

드디어
어뢰 흔적 허무함만을 남긴 채
다시 배는 나아간다
청록색이 끝없는 곳을
적도 부근 대해양의
위기를 품은 불안한 항로를
구름과 같이
육지처럼
망막하게 보이는 저쪽을 목표로
아무 것도 모르는 것처럼
아무 것도 모르는 것처럼

すめらみいくさの歌

添谷武男

萬葉の詠人知らずのその如く榮ゆく御代を我はうたはむ

み軍の征き征くほどに美はしく言霊の道拓け行きつつ

何つくる火花か夜の工場の玻璃戸に映えて道を照らせり

ひそまりて機會をし待てる艦隊にまつはりて動く大氣の重さ

サイパンに屍を楯とたゝかふをたゞある我のいきどほろしも

本分は學びの道と勵めども血闘思へば須臾も齒がゆし

천황 군대의 노래

만요를 읊은 사람을 알 수 없는 것처럼 번영해가는 성대를 우
리는 노래한다

천황의 군대 출정할수록 아름다운 영령의 길 개척해간다

어떻게 만든 불꽃일까 밤 공장의 유리창에 비춰 길을 비춘다

조용해져 기회를 기다리는 함대에 달라붙어 움직이는 대기의
중량

사이판에서 시체를 방패로 오로지 싸우는 나의 불만스러움

본분은 배움의 길이라고 격려해도 혈투를 생각하면 잠시도 안타
깝다

サイパン島死守の報とどきて

小川沐雨

しづかなる國土となりて故國は五月田植に雨ふりみだる

サイパンに大和撫子銃執るとけさ朝がれひ禱りとなしつ

國遠く國の婦女子を死なしめつわれいかに身を處してあるべき

醜のいのち

竹中大吉

大君の御楯といまはすつるゆゑ醜のいのちも尊くありけも

古の御祖らが雄叫びさながらに今も響める松風の音

사이판 섬 사수의 속보를 접하고

조용한 국토가 되어 고국은 5월 모내기에 비에 젖어 흐트러지네

사이판에서 일본여성으로 총을 쥐었다고 오늘 천황은 아침식
사를 기도로 대신하네

먼 나라에서 조국의 부녀자를 죽게 하고 나는 어디에 몸을 두
어야만 할까

보잘것없는 목숨

천황의 방패로 이제 희생하게 되니 보잘것없는 나의 목숨도 귀
하게 되는구나

옛날 선조들이 용감히 외쳤던 것과 같이 지금도 울려 퍼지는
솔바람 소리

『一九四四年　九月號』

1944. 9

中隊詩集

則武三雄

1

寧ろ日のゆるやかさ
春の日のやさしさを、これほど感じたこともない
それほどゆるやかな日々であつた
春の日ざしを暖かく
雲はまた白羊のやうに空に互つてゐた
青い程毎日機銃を習つた
操作、澄むだ空の下で
それ演習に山や河を渉つた
そして日が過ぎてゐた
その間に僚友は多く旅立つて行つた
騎兵馬のやうに枚を銜むで
見知らぬ戦線へ出かけて逝つた
そして残つた友の幾多と
あたらしい兵達を訓へてゐる
われらの上に雲がゆつくりとながれてゐる
眞白い外套のやうな雲を透して
白い日がさし
銃手二番の歯が皓くわらふ
口笛を吹くやうに
空包が地平線を切つてゆく
南のたたかひは日にはげしく
かくて戦線をおもふ日が
日にはげしくなつた

(春の日ざし)

중대 시집

1

오히려 해의 느긋함
봄날의 아름다움을, 이정도로 느낀 적이 없다
그 정도로 느긋한 하루 하루였었다
봄 햇빛은 따뜻하고
구름은 또한 하얀 양처럼 하늘에 걸쳐있었다
파랗게 맑은 하늘 아래
그토록 매일 기관총을 배웠다
조작연습을 하며 산이나 강을 걸었다
그리고 하루가 지나갔다
그 사이에 기숙사 친구는 많이 떠나갔다
기마병처럼 나무막대기를 입에 물고
모르는 전선에 나아갔다
그리고 남은 전우들과
새로운 병사들을 훈련시키고 있다
우리들 위에 구름이 천천히 흘러간다
새하얀 외투처럼 구름을 통해
하얀 햇빛이 비치고
기관총수(銃手) 2번이 이가 하얗게 웃는다
휘파람을 불듯이
공포가 지평선을 자르고 간다
남쪽의 전투는 날이면 심해져
이런 전선을 생각하는 날이
갈수록 더해 갔다

(봄 햇살)

ふつとして何にせむとなく居りし時(柞葉の)ははのなさけの
こみあげてきつ。
やはらかき春の日ざしの兵舎にも中隊の庭にも影あたたかく
バレーボール　する時間ありて中隊の庭にも櫻咎めり。
中隊の櫻の枝に何の鳥か枝移りしつつ櫻咎めり。

夜の蛙のやうに
みんなの寢息がきこえてゐる
中隊の
健康な夜

(歌)

2

幽霊は網膜に殘つた映像であらうか
晝間談笑したり
中隊の庭で巻脚絆を捲いてゐる友の姿が
自分にはうつすらと視えた
夜、目をあけると自分の周囲に
それは稍〻蒼褪め
軽く空中を歩いてゐるやうに闇座したまま
ゆつくりと横に動いてゐる
口許の筋が深く微笑してゐる

문득 아무것도 하지 않고 있을 때 어머니의 정이 북받쳐 오른다
부드러운 봄 햇살의 병영에도 중대의 정원에도 빛은 따스하고
배구를 하는 시간이 있어 중대의 정원에도 벚꽃 꽃망울이 피
었다
중대의 벚꽃 가지에 어떤 새가 가지마다 옮겨 다니면서 벚꽃
꽃망울이 피었다

밤에 개구처럼
모두의 잠자는 숨소리가 들려온다
중대의
건강한 밤

(노래)

2

유령은 망막에 남은 영상인 것일까
낮 동안 담소하거나
중대의 정원에서 발목에서 무릎까지의 각반을 감고 있던 친구
의 모습이
내게 희미하게 보였다
밤, 눈을 뜨니 자신의 주위에
그것은 조금 창백해지고
가볍게 공중을 걷고 있는 듯이 염좌한 채
천천히 옆으로 움직이고 있었다
입가의 근육 깊숙이 미소 짓고 있었다

たちまち自分には昔の日本の幽霊が
甲冑や御姫様の時代に
恨みを含んで天守閣から身を躍らせ
空かずの間にあらはれた武士の霊が存在することが信じられ
るのだった
夜、兵營では
薄寒〻とした四月の夜の中に
なにか愁はしげに
それは悲愁ある面持をして、私のベッドのさきにあらはれた
精靈
夜でもそれは姿がはつきりし
私は起きてそれとなにか語つて見たかつた
中隊の歷史を訊いてみたかつた
そして戰場で殪れた勇士のたましひが
再び中隊にかへつて來なかつたとどうして言へよう
ああ　睡つてゐる私達のたましひが、輕く空中を步いてゐる樣
な中隊の夜々
あり得ないやうなことが自分には信じられるのだつた
　　　　　　　　　　　　　　　　　　　　　　（中隊の庭）

中隊の庭はうすぐもりし
風が吹いて白埃りがし
風がさつてゆくとひろい中隊の庭にひと一人見えない
春四月にちかく
襯衣一枚にはたへがたい寒さだ

바로 자신에게는 옛날 일본 유령이
갑옷과 투구 또는 아가씨 시대에
원한을 머금고 성의 가장 높은 망대에서 몸을 날려
불길하다고 잠가 놓은 방에 나타난 무사의 영혼이 존재하는 것
을 믿을 수 있었던 것이다
밤에 병영에서는
으스스하게 추운 사월 밤중에
무엇인가 측은한 듯
그것은 슬프고 우수에 찬 얼굴을 하고 머리맡에 나타난 정령
밤에도 그것은 모습이 확실했고
나는 일어나 정령과 무엇인가 말하고 싶어졌다
중대의 역사를 물어보고 싶었다
그리고 전장에서 쓰러진 용사의 영혼이
다시 중대에 돌아온 것이라고 말할 수 있을 것이다
아아─잠들어 있는 우리들의 영혼이 가볍게 공중을 걷고 있는
듯한 중대의 밤들
있을 수 없는 듯한 일이 자신에게는 믿겨지는 것이었다
                                        (중대의 마당)

중대의 마당은 약간 흐리고
바람이 불고 하얀 먼지가 나고
바람이 지나가면 넓은 중대의 마당에 사람 한명 보이지 않는다
춘 사월 가까운
속옷 한 장으로는 참기 힘든 추위다

遠くから厩舎の馬がひときはたかく鳴いてゐる

しろいしろい風になつてしまつた中隊の庭に

馬のいななきだけが一ぎはたかく

四周はひつそりとして影さへない眞晝

櫻はややなよやかに莟みを帯び

ひとが出はらつてしまつた後の

身體の底が寒くなるやうな

三月の風がさうさうと吹いてゐる

（中隊の庭）

3

づつしりと肩にこたへる銃

黒い銃の、何と快よく鷗英なことだらう

きらきらとひかるあかるい日ざしの中庭で

小隊が進む時

しづかに一兵士の心には

小銃を中隊長殿から授かつた

ある決意の日が泛ぶのだつた

「銃は兵隊の精神である」と中隊長は言はれた

あの時のひき緊つた口唇

かたい決心を彼は思ふのだ

中庭をゆくられらの銃の上に、しづかに

櫻が散つてゐる

その花びらのやうに僕達のやさしい心も

銃口のやうにきらきらした

固い決意に燃えて進むだらう

づつしりと肩にこたへる銃

（或る少年にあたへて）

멀리서 마구간의 말이 유달리 소리 높여 울고 있었다
하얗고 하얀 바람이 되고만 중대의 마당에
말의 울음소리만이 한층 높고
사방은 쥐 죽은 듯이 그림자조차 없는 한 낮
벚꽃은 얼마쯤 한밤중에 꽃봉오리 지고
사람이 모두 다 나가고 만 다음
몸속이 오싹해지는 듯한
삼월의 바람이 한들한들 불고 있다

(중대의 마당)

3

묵직하게 어깨에 유지한 총
검은 총 얼마나 기분 좋은 조각장식인 것인가
반짝반짝 빛나는 밝은 햇빛이 비치는 마당 가운데에서
소대가 진군할 때
조용히 한 병사의 마음에는
소총을 중대장님에게 맡겼다
그 결의의 날이 생각난 것이다
"총은 병사의 정신이다"고 중대장은 말하였다
그때 꼭 다문 입술
굳은 결심을 그는 생각한 것이다
마당 정원을 가는 우리들의 총 위에 조용히
벚꽃이 지고 있었다
그 꽃잎처럼 우리들의 부드러운 마음도
총구처럼 반짝반짝 빛났다
굳은 결의에 불타 진군하겠지
묵직하게 어깨에 걸친 총

(어떤 소년에게)

櫻の枝がしだいにみどりを帯びてきた
ふくらみ
ゆつたりとしめりをおび
水つぽくふくらんで
なよなよとやさしく
日海中隊の庭で大きくなつてゆくと倶に
自分の健康も日ましに色を増した

（斷章）

さくらの花がこんなにもやはらかく
さくらの花がこんなにもあかかつたか

（斷章）

夜の消燈喇叭
なつかしい消燈喇叭がなつてしまふと
中隊の兵隊たちはどんなに遠くに出かけてゆくだらう
それはビルマやガダルカナールやインパールの前線ではないか
彼等は歯ぎしりしたり
吶喊して　ワアツ　とさけぶものもゐる
朝の點呼まで
點呼のただしい起床まで我等は何千哩も越えてゆく
そして豫習の作戦をしたり
臥てゐる間も軍靴をきつちりと磨き、機銃の手入をする
それは夢中でも續く
臥てゐる間もわれらは正しい服従をしへられる
軍人精神をきたはれる

（斷章）

벚꽃 가지가 점차 녹색을 띄어왔다
부풀어
풍성하게 습기를 머금고
축축하게 부풀어
나긋나긋하게 아름답고
나의 건강도 날이 갈수록 건강한 색을 더해갔다

　　　　　　　　　　　　　　　　　　　　　　　　(단장)

벚꽃이 이렇게도 부드럽고
벚꽃이 이렇게도 붉었는가

　　　　　　　　　　　　　　　　　　　　　　　　(단장)

밤의 소등나팔
그리운 소등나팔이 울려버리면
중대의 병사들은 얼마나 멀리 갔을까
그것은 미얀마나 과달카날(Guadalcanal Island), 임팔(Imphal)
의 전선은 아닐까?
그들은 이를 갈거나
와―하고 함성을 지르며 소리치는 이도 있다
아침 점호까지
점호의 규칙 기상까지 우리들은 몇 천리를 넘어가고
그리고 예정 연습의 작전을 실행하거나
누워있는 사이에도 군화를 확실히 닦아 기관총을 손질한다
그것은 꿈속에서도 계속된다
누워있는 사이에도 우리들은 올바른 복종을 배운다
군인정신이 닦아진다

　　　　　　　　　　　　　　　　　　　　　　　　(단장)

4

夜、中隊の庭にひづめの音がする
誰が駆けてゐるのだらう
かつ、かつ、かつ、かつ
それは月夜のしろい馬を思はしめる
誰かが蹄を駆つてゐるやうな
全身眞白い一頭の馬のすがたが、私の臥床の中に生れて
發熱した私に青い影を曳いてゆく
かつ、かつ、かつ、かつ
それはひえびえとした四月の夜の
雑草を籍いたやうな私の青い網膜の中に入り亂れてゐる

(白い馬)

實に青い、あまい空
青の底から
金粉がきらめいてゐるやうな
ぱかぴかした空
それでゐて女のやうにやさしい
青の底から幾つも青が湧いてくるやうな空
その中にぽつかりと母の眸が出はしないか
金の空
一すぢの雲も湧いてゐる
甘い、すつぱい、むせぶやうな仄青い空
中隊の庭にゐると
そこで自分達は馬の事を習つてゐるのだが
實に遠く、涯しなく、あをい空

4

밤, 중대의 마당에 발굽소리가 난다
누군가 말을 타고 있는 것이겠지
따각, 따각, 따각, 따각,
그것은 달밤의 백마를 생각나게 한다
누군가가 발로 차고 있는 듯한
전신이 새하얀 한 마리의 말 모습이 나의 이불안에서 태어나
열이 난 나의 파란 그림자를 끌고간다
따각, 따각, 따각, 따각,
그것은 쌀쌀한 4월 밤의
잡초를 벤 듯이 나의 파란 망막 속에 들어와 흩어지고 있다

(백마)

실로 푸르다
달콤한 하늘
푸른 그 끝에서
금가루가 반짝이고 있는 듯한
반짝반짝한 하늘
그렇게 있어 아가씨처럼 상냥하다
푸른 그 끝에서 몇 번이고 푸름이 솟아나는 듯한 하늘
그 속에 두둥실 어머니의 눈동자가 나오지 않을까
금 하늘
한줄기 구름도 떠있다
달콤하다, 시큼하다, 목 메일 듯한 어렴풋한 파란 하늘
중대의 마당에 있으니
그곳에서 자신들은 말에 관한 것을 배우고 있었지만
실로 멀고, 끝없이, 푸른 하늘

そして自分はたしかに母を懐つてゐるのだが
そしてしやぼんのやうに私の愛も湧いてくるやうだ
さういふ一日の
愛するためだけの愛、一日のためだけの一日の
それでゐて遠くかぎりないものへ
思慕の湧いてかぎりない日がある
青空の下にゐて

（五月の空）

驟雨　驟雨　地面に伏すと
右肘の下に　蟻塚が濡れてゐる
一秒　二秒…　対抗軍はまだ見えない
風になり　雉が啼く

（四行詩）

5

朝の五時、なんといふはれた空だ
空はバアーツとあかるく
中隊の杜は小鳥の声で一ぱいだ
中隊の厩舎にゆきしづかにあたたかい寝藁を出してゐる
ムツと鼻をつくあたたかい馬ぐその匂ひだ
馬ははやくも目をさまし
もうもそまそと秣をたべてゐる
やさしい眸をしてゐる
ぷうんとくる朝の空氣と
しろい霧の空を呼吸する土酒と私
私と土酒よ

그리고 자신은 확실히 어머니를 그리워하고 있고
그리고 비눗방울처럼 우리의 사랑도 솟아오는 듯한
그런 하루의
사랑하기만을 위한 사랑, 하루만을 위한 하루
그럼에도 불구하고 멀리 한없이 소중한 것들에
사모의 마음이 솟아나는 한없는 날이 있다
파란하늘 아래에서

(5월의 하늘)

소나기 소나기 지면을 덮으니
오른쪽 팔꿈치 아래에 개밋둑이 젖어있다
일초, 이초…대항군은 아직 보이지 않는다
바람이 되고 꿩이 운다

(사행시)

5

아침 5시, 얼마나 맑은 하늘인가
하늘은 활짝 빛나고
중대의 참호는 작은 새의 노래로 가득하다
중대의 마굿간에 가서 조용히 따뜻한 깔 짚을 꺼낸다
톡하고 코를 쏘는 따뜻한 말똥 냄새다
말은 일찍 일어나
벌써 느릿느릿 여물을 먹고있다
부드러운 눈을 하고있다
확하고 오는 아침 공기에
하얀 안개 속 하늘을 호흡하는 토주(土酒)와 나
나와 토주여

土酒、土助、土梨、土沖、土徑などといふのは馬の名だ
隅岩だとか計梅、日夕、月の四もゐる
固型食といふべきか、乾し草が一メートル四方も乾麺麭のや
うにかためられ
小さい花まで嵌めこまれてゐる
それを生の雑草を混ぜて蒸麥や、高梁、食鹽を加へてやるのだ
そのかすかな乾し草の匂ひ
薄暮攻撃で伏した名も知れぬ草の上
名も知らぬ白い花に頬をあてた、思ひ出の草花を
かはいたやさしい花々の馥ひに感じるのだ
朝の光が一條厩舎に洩れ
それを金の草にする
あかいやうなやさしいひかりだ

(厩舎の詩)

月の四　といふのは
その名のやうな馬である
それは乗馬ではないが
亞麻色の毛をし　たてがみも殆どない
それはうつすらと白が交はつた　みどりを帯びた栗毛
馬としては詩人であり
なにかしら異邦の女に見るやうな
月光を思はしめる馬である
夜、この馬が疾しつてゐると
月光がその虫から生れる

토주, 토조, 토이, 토충, 토경이라고 하는 것은 말의 이름이다
우암이나 계매, 일석, 사월도 있다
고형식이라고 할까 말린 풀이 1.4미터나 마른 빵처럼 다져져
작은 꽃마저 끼워져 있다
그것을 생 잡초를 섞어서 삶은 보리나 고량, 식염을 가미하는
것이다
그 희미한 마른 풀의 냄새
이름도 모르는 하얀 꽃에 볼을 대었다 추억의 잡초 꽃을
마른 부드러운 꽃잎의 향기가 풍기는 듯 느끼는 것이다
아침 해가 한줄기 마구간에 비추어
그것을 금풀(金の草)이라 한다
불그스름한 부드러운 향기다

                                         (마구간의 시)

사월이라고 하는 것은
그 이름과 같은 말이다
그 말은 타는 말은 아니지만
갈색 털을 하고 갈기도 거의 없다
그 말은 희미하게 하양이 섞여있다 녹색을 띤 구렁말
말로서는 시인이고
어쩐지 이방 여인네를 보는 듯한
달빛을 생각나게 하는 말이다
밤에, 이 말이 아파하고 있으면
달빛이 그 속에서 태어난다

月光が月の四になる
さう言へば今、月四更
鈍い銀色のひかりをあびて
遠くとつ、とつ、とつ、とつとひろい聯隊の庭をはしつてゐ
る馬は
月の四ではないだらうか
やさしいおまへの名から
月をあびたそのあをいたてがみから
おまへのふかい睫毛から
月の四よ、私は一篇の詩を取出したいのだが

(月の四)

漢江河原の　これは何といふ草だらう
菅草のやうな
からびた、そしてまたやさしいしなやかさ
しろい沙の上にそれは生まれ
あさい水の中にそれは育つ
機銃をよせて
機銃をよせて
片手でしつかりと沙原の草をつかみ
匍匐して機銃を進めてゐる
薄春攻撃の中期である
今は友もわれも見えず
われらは沙のなかに入るやうにして進む
両手がしだいにしびれてくる
彼方に上つてゐる煙はなんだらう
もう薄春攻撃の後期であり
靜かに草の上に伏して
前進の號令を待つてゐる

달빛이 사월이 된다
그러고 보니 사월의 변
둔한 은색의 빛을 띠어
멀리서 따각, 따각, 따각, 따각하고 넓은 연대의 마당을 달리고
있는 말은
사월은 아닐까
상냥한 너의 이름에서
달빛을 받은 그 파란 갈기에서
너의 깊은 속눈썹에서
사월이여, 나는 한편의 시를 쓰고 싶지만…

(사월)

한강(漢江) 모래밭의 이것은 뭐라 하는 풀일까
대롱 풀 같은
마른 그리고 아직 부드럽고 나긋나긋함
하얀 모래 위에 그것은 태어나
얕은 물속에 그것은 자란다
기관총을 기대고
기관총을 기대어
한손에 꼬옥 모래사장의 풀을 붙잡고
포복으로 기관총을 전진시킨다
황혼 공격의 중기(中期)이다
지금은 친구도 나도 보이지 않는다
우리들은 모래 속에 들어갈 듯이 나아간다
양손이 점차 저려온다
저쪽에 피어오르는 연기는 무엇일까
벌써 황혼 공격의 후기이다
조용히 풀 위에 엎드리어
전진의 호령을 기다리고 있다

われらのまへに聴えてくるのは何だらう
われらのまへに聴えてくるのは何だらう

（河よ）

草の上に突倒され
草の上に突倒され
みどりの草がぐつしよりと馥ふ
再び起ち上り再び折敷かされるのは
匍匐の動作が鈍かつたといふのだ
片手をのばし
片手でしつかと銃の三脚架を握り、匍匐してどうしても
一、二、三で一メートル進めないのだ
ぬれた頰にどうしてもみどりが馥ふ
汗のあまさを口で知るのだ
見えないひばりが啼いてゐる安山高地の片かげで
微塵とはどう云ふものか
二十七年の生涯ではじめて知るのだ

（見えない雲雀）

6

みんなの上にしめやかに雨がふつてゐる
黒く大地の上だ
それは母のやうに濡れてゐる
浸みてゐる
出發をまへの飯盒の甘さ
なつかしい中隊の炊爨を了へて　われらは發つ
大君の任のまにま
小銃部隊は背囊の上に、さらに小囊を重ね
われらの心も大地のやうにしめりを帯び、うるほひ
黒い夜にぬれて夜と共に進發す

우리들 앞에 들려오는 것은 무엇일까
우리들 앞에 들려오는 것은 무엇일까

(강이여)

풀 위에 엎드려
풀 위에 엎드려
초록색 풀이 흠뻑 향기가 난다
다시 일어나 다시 앉아쏴 자세를 하게 하는 것은
포복의 동작이 둔하였다고 하는 것이다
한손을 뻗어
한손으로 꼭 총의 삼각대를 잡고 포복해서 어떻게든
하나, 둘, 셋으로 1미터를 나아가지 못하는 것이다
젖은 뺨에 아무리해도 초록향기가 난다
땀의 달콤함을 입으로 아는 것이다
보이지 않는 종달새가 울고 있는 안산(安山) 고지 한쪽에서
미풍은 어떤 것인지
27년의 생애에 처음 아는 것이다

(보이지 않는 종달새)

6

모두의 위에 조용히 비가 내리고 있다
검은 대지 위에
그것은 어머니처럼 젖어있다
잠겨있다
출발을 앞둔 반합의 달콤함
그리운 중대의 취사를 마치고 우리들은 출발한다
대군의 임무 틈틈이
소총부대는 배낭위에 더욱 작은 배낭을 합치고
우리들의 마음도 대지처럼 촉촉하게 젖어
검은 밤에 젖어서 밤과 함께 부대가 출발하였다

外彼はすつかり濡れ透り
飯盒には雨滴がたまつてゐる五月の夜
しめやかな五月の夜
枚をふくむで
枚をふくむで
われらは遠く征く
われらの行くてになにがあるか
それはわれらの誰も知らない
五月の夜であるといふに
天もまた雨にまじへ　しきりに稲びかりし
われらまことに運命の児であるを想はしめ
ひたに大君の御楯として
われら　宿意に燃え
ただにわれらは進むことを知る

(進發)

歩兵の精神はそのゆるぎのない歩調のなかにある
そのみじろがない眸
たゆまない足並
小銃は釘付けされたやうに肩に置かれて、角度をかへない
歩兵は陸軍の華だと云はれるのも
その規律あるきびしい訓練から生れるのだ
見よ　その眸はたえず同じたかさにながれ
その両腕　両足の描く歩並みはたえず等しい
その遍上靴は小隊全體が一つの體軀のやうに整然たる行動を
示す
日本の軍隊が世界に冠絶してゐるといはれるのも
それを見てゐると解る

(歩兵の精神)

외투는 완전히 젖어
반합에는 물방울이 담겨져 있는 5월의 밤
차분한 5월의 밤
계급장을 품고
계급장을 품고
우리들은 멀리 출정한다
우리들의 가는 곳에 무엇이 있을까
그것은 우리들 중 누구도 알지 못한다
5월 밤인데도
하늘도 또한 비에 섞여 끊임없이 번개가 치고
우리들이 정말로 운명의 자식임을 생각하게 하고
오로지 대군의 방패로서
우리들 숙명의 기운에 불타
오로지 우리들 진군할 것을 안다

(부대의 출발)

보병의 정신은 그 흔들림 없는 보조 안에 있다
움직임이 없는 눈동자
끊임없는 발맞춤
소총은 못으로 박은 듯 어깨에 놓여져 각도를 바꾸지 않는다
보병은 육군의 꽃이라고 불리는 것도
그 규율이 엄격한 훈련에서 생겨난 것이다
보라 그 눈동자는 끊임없이 같은 높이를 보고
그 양다리 양발이 그리는 발맞춤은 끊임없이 같다
그 육군 사병군화는 소대전체가 하나의 체조처럼 정연하게 행
동을 표한다
일본 군대가 세계에서 가장 뛰어나다고 하는 것도 그것을 보고
있으면 안다

(보병의 정신)

7

一望千里　涯しない高原である
この原はきはまりなく
草がなびき伏し
草にはてる
四平の山がそれ程なびき伏し
ききやう、かるかやの野にかくれ　草の間になり
薄の穂の上に青金の空と
雲が悠々と湧いてかぎり知れない
野があつて　その中を一条の小さい河が渉り
厩舎の兵たいたちが、その河で
半裸になつて洗濯をしてゐる
兵隊蟻のやうに黒褐色の顔をし　誰を見ても一様であり
個でなくて全體である
しろい歯をみせてからからと笑ひながら
ばしやばしやと白い衣を濯いでゐる
きらきらと日がながれの日とともにながれ
河は草の根にはて
何處までが岸なのだらう
流れてくる草を拾ふ
名も知れない草だ
その上に日がゆつくりとフツトボールのやうに回り
遠い、とほい　雲よりもはてしないものが　なにか切ないも
のがそのなかから生れる

7

보이는 천리 끝없는 고원이다
이 들판은 한없이 높고
풀이 쓰러질듯 엎어져있고
풀이 한없다
사방의 산이 그 정도로 쓰러질듯 엎어져있고
도라지, 솔새가 들판에 숨겨져 초원사이에 있고
희미한 벼 위에 청금(靑金)을 띤 하늘과
구름이 유유하게 솟아있을 뿐인지도 모른다
들판이 있고 그 속을 한 무리의 작은 강이 건너고
병영의 병사들 그 강에서
반은 벗은 채로 세탁을 하고 있다
병사들이 개미처럼 흑갈색 얼굴을 한 것은 모두 다 똑같이
개개인이 아닌 전체이다
하얀 이를 보이면서 껄껄대고 웃었다
슥-슥- 하얀 옷을 빨고 있다
반짝반짝하고 하루 흐름이 해와 함께 흘러
강은 풀뿌리까지 닿아
어디까지가 벼랑인 것일까
흘러오는 풀을 주우니
모르는 풀이다
게다가 해가 천천히 풋볼처럼 떨어져
멀고 먼 구름보다 끝없는 것, 무언가 애타는 것이 그 속에서 생
겨난다

兵たいたちの心を翳らす
が次の瞬間かれらはそれを振りちぎつてしまふ
水をかけあひながら眞白い齒がわらふ
演習の間の休止の一刻に
ながれの鮠を追ひかける

（高原）

行けども草であり
そのさきも草である
月は何處に眠るのであらう
そのひろい平康高原の
見はてのない草原の一角で圓周をつくり
四列縱隊の二列は内側に、他の二列は外側になり反對に周り
ながら
夕食後　兵隊は中隊の歌をうたふ、
草原には他の中隊の輪も見える　丘の上に黒い城郭の様に立つ
てゐる者もある
わかものらの邊ころが
はてしないものにかへりゆく一刻だ
この周囲が今地上の月になり
人間的なすべてからさつて
空を回つてゆくやうな心を抱いて
平康高原をまはる
月もそれにつれて次第にあかるくなり
地上の一點の廠舎がそれ程遠くなる
天がすみれの花になつて匂ふ
人も草はらになつて匂ふ

（夜の歌）

병사들의 마음을 어둡게 흐린다
그러나 다음 순간 그들은 그것을 떨쳐버리고 만다
물을 서로 뿌리며 새하얀 이가 웃는다
연습 중간의 휴식 때 잠시
헤엄치는 피라미를 쫓아간다

(고원)

가도 가도 풀이고
그 앞도 풀이다
달은 어디에서 잠드는 것일까
그 넓은 평강(平康) 고원의
끝없는 초원의 한 귀퉁이에서 원을 만들어
사열종대의 이열은 안쪽에, 다른 이열은 바깥에 있어 반대로
돌면서
저녁 식사 후 병대는 중대의 노래를 부른다
초원에는 다른 중대 인원도 보인다. 언덕 위에 검은 성곽처럼
서있는 자도 있다
젊은이들의 장소가
영원한 것으로 바뀌어 가는 한때에
이 원 주위가 현재 지상의 달이 되고
인간적인 모든 것을 떠나서
하늘을 도는 듯한 마음을 안고
평강고원을 이동한다
달도 그것을 따라 점차 밝아져
지상의 한 점의 막사가 그 정도로 멀어진다
하늘이 제비꽃이 되어 향기롭다
사람도 초원이 되어 향기롭다

(밤 노래)

8

一日中ひばりを聴いてゐると
しまひにはこれらの小天使共がうるさくなる
青空のひばり
地の草ひばり

(ひばり1)

空のすみずみまで　ひばりが啼き互つてゐる
うすいみどりの翅のやうに
天と地がひびきを罩めてゐる
歌つてゐる

(ひばり2)

蒼いすみきつた空
此の空のどこでひばりは啼くか
ひばりの色彩も青ではないか
あの鳴聲の青を見れば

(ひばり3)

ひばりが飛ぶのは　躍り上つてゆくやうだ
青空の王子　五月の歌手
詩人の生涯も
この孤独さが君に肖る

(ひばり4)

このひろい草原の　ひばりの巣は何處にあるか
雨の日は　地を潜り
それとも雨雲の上に留まつてゐるのか
雨が歇むと天をこめるひばりの聲

(ひばり5)

8

하루 종일 종달새 소리를 듣고 있으려니
결국에는 이런 작은 천사들이 시끄럽게 들린다
파란 하늘의 종달새
땅의 잡초의 종달새

(종달새1)

하늘 구석구석까지 종달새 소리가 울려 퍼진다
옅은 초록색의 새떼처럼
하늘과 땅이 울림을 합쳐서
울고 있다

(종달새 2)

파랗게 맑은 하늘
이 하늘 어디에서 종달새는 우는가
종달새의 색깔도 파랗지는 않을까
그 우는 소리가 맑은 것을 보면

(종달새 3)

종달새가 나는 것은 뛰어오르는 듯하다
파란 하늘의 왕자 오월의 가수
시인도 생애도
이 고독함이 너를 닮았다

(종달새 4)

이 넓은 초원의 종달새 둥지는 어디에 있는 걸까
비 오는 날은 땅을 뚫고
그렇지 않으면 비구름 위에 머물고 있는 것일까
비가 그치면 하늘을 채우는 종달새 소리

(종달새 5)

高原の彼方に　路は消えてゐる
そしてこの路は再び來ない
草笛の路
朱雀の歌

(ひばり6)

9

草原を一頭の獅子が驅けつてゐた
しろい鬣をし
半身を擡げ
鏡獅子のやうに尾をふりながら毎日平原を疾じつてゐた
そして青空に駐まつてゐた
自分はその不思議な暇象の雲を愛した
その下で日々銃聲がとどろいた
兵士達はその獲物を何處にもとめて行つたのであらう

(獅子と雲)

褐色の皮膚に貼りつく皮膚
皮膚のうへの皮膚
兵達が上半身裸かになつて騎馬戰をしてゐる
始め！の號令と倶に
兩軍がしづしづと進むで　カツキと組む
相手をハタキ倒すまで　敢鬪は加へられる　手には手を脚は脚に
その一方が殪れる迄
周圍四里四方の漠々たる平原で
のしかかり　のしかかり　四騎に三騎　二騎に一騎
組むだ六本の腕が碎けるまで

고원 저 멀리 길은 없어졌다
그리고 그 길은 다시 오지 않는다
풀피리의 길
구름 속 참새의 노래

(종달새 6)

9

초원을 한 마리의 사자가 뛰고 있다
하얀 갈기를 하고
반틈의 몸을 세우고
거울의 사자처럼 꼬리를 흔들며 매일 평원을 질주하고 있다
그리고 파란 하늘에 멈추어 있다
자신은 그 이상한 가상의 구름을 사랑했다
그 아래에서 매일 총성이 울렸다
병사들은 그 포획물을 어디에 두고 있는 것일까

(사자와 구름)

갈색의 피부에 박혀있는 피부
피부위의 피부
병사들이 상반신을 내보이고 기마전을 한다
시작! 의 호령과 함께
양 군이 조용조용히 나아가서
들어 올린 사람들과 얽힌다
상대를 무너뜨리고 쓰러뜨릴 때까지 용감한 전투가 가해진다
손에는 손을 다리에는 다리에
그 한쪽이 쓰러질 때까지
주위 사방이 막막한 평원에서
덮쳐누르고 덮쳐눌러 기마 4대가 3대 2대에 1대
짰던 여섯 개의 팔이 부서질 때까지

草原に人で造つた騎馬が崩れ　騎者が墜されて片脚を地上に附
ける迄　激闘がかはされる
最後の一騎になり
人々は地に敷かれ
胸に蚯蚓腫れし　青い痣を著け
前歯に血を染むであゐる
赭土にまみれた略帽を捜す
ピリ、ピリ、ピリ、ピリ
合圖の笛で勝敗が決定され
ひどいぞ、と笑ひかけながら
敗れた方が再び騎馬を組むで整列し
われらに向つて　右向け、注目！をしつつ馬上行進しなければ
ならない
愉悦が湧く
誰だらう、おれの袴下を破つたのは
ふり注ぐ日にみどりが滴れる草の上で
誰かの皮膚が一枚位　剝がされて堕ちてゐるはしないか
ふと錯覚に捉はれるのだが…

(騎馬戦)

高原に雨がふつてゐる
一時に風がさむくなり
雨が皮膚を透す
厩舎はすぐ近い
が歸營命令が出ないので、兵隊達は雨のなかにしづかに身體
を動かしてゐる
略帽に雨滴が浸みる

초원에는 사람들이 만든 기마가 쓰러지고 위에
올라탄 대장이 쓰러져 한쪽 다리를 지상에 닿을 때까지 격렬한
전투를 주고받는다
최후의 한 대가 되어
사람들은 지상에 깔려
가슴에 피부가 길게 긁혀 파란 멍이 들고
앞 이에 피를 물들인다
적토에 물든 모자를 찾는다
휘익-휘익-휘익-휘익-
피리 신호에 승패가 결정되어
심하네-하고 웃음을 건네면서
진 쪽이 다시 기마를 만들어 정렬해
우리들을 향해 우향우! 주목! 밀면서 마상 행진해야만 한다
즐거움이 피어오른다
누구일까 나의 자지를 찢은 것은
내리쬐는 햇살에 녹색이 넘쳐나는 풀 위에
누군가의 피부가 얇게 벗겨져 떨어져 있지는 않을까
문득 착각에 사로잡혔지만………

(기마전)

고원에 비가 내리고 있다
조용히 비가 적시고 있다
그 속에 병사들의 하얀 셔츠만이 체조한다
일시에 바람이 차가워지고
비가 피부를 스친다
병영은 바로 가깝다
그러나 병영에 돌아와 명령이 떨어지지 않아 병사들은 빗속에
조용히 몸을 움직이고 있다
약모에 빗방울이 젖는다

襯衣がびつしよりになる

體操が終ると　廻れ右前へ　しづかに號令が下され

黙々として兵達は擧手の動作や右向けをならふのだ

雨の中に雨の中に雨の中に

山々がしづかに四平から消え、うすい藍のぽかしになり雨の

色彩になつてしまふ

しろい、なにかあたたかい蕭條とした雨、雨の中

草だえがむ一つと馥つてゐる

（雨の體操）

10

ひばりの下で、

虱を取る

しろい襯衣をひろげ。

昨日、自分の下衣から虱が○頭と

幼蟲が○○、卵が○○か發見されたといふのだ。

そして今日　野原の上で寮友達の毛布日乾の監視をしながら

編上靴を脱ぎ

袴を脱ぎ、袴下を脱ぎ

自分は虱を取る

又幼蟲を發見する。卵の撒布を見出だす

それを草はらに放つ　草で拭ふ

一公國位もある虱。

虱もまたひばりの様に、地の蟻のやうに多いではないか

しかしおれは虱を、この善良淳俗の友を少しも憎んでゐない

のだ

속옷이 완전히 젖었다
체조가 끝나자 우향우 앞으로 갓! 조용히 호령이 떨어져
묵묵히 병사들은 거수의 동작이나 우향우를 연습하는 것이다
빗속에, 빗속에, 비속에서
산들이 조용히 사방에서 사라져, 옅은 감청색으로 엷어지고
빗물의 색채가 되어버린다
하얗고 무엇인가 따뜻한 숙연한 줄기의 비. 빗속
풀만이 물씬 향기를 풍기고 있다

(빗속의 체조)

10

종달새 아래에서
이를 잡는다
하얀 속옷을 펼쳐
어제, 자신의 하의에서 이가 ○마리하고
유충이 ○○, 알이 ○○이 발견되었다고 하는 것이다
그리고 오늘 들판 위에서 숙소의 친구들의 모포 말리는 것을
감시하면서
군화를 벗어
상의를 벗고 속옷을 벗어
스스로 이를 잡는다
또 유충을 발견한다. 알의 살포를 찾아낸다
그것을 풀밭에 보내고 풀로 닦는다
일국의 군주가 다스리는 나라에도 있는 이
이도 또한 종달새처럼, 땅의 개미처럼 많지는 않을까?
그러나 나는 이를 이 선량 순박한 속물의 친구를 조금도 미워
하지 않는 것이다

むしろおれはあたらしい襯衣を取出して
そこから虱の空蟬を見出してさびしかつた。
さうしておれははじめて
ひばりが二羽群れてゐる姿を發見した
それはおれのすぐ手前に下り
愛の歌をなきしきる
これは自然ではないか。
五月の風に　ぎらぎらとかがやいてゐる虱の卵よ
おまへも空の蜻蛉の翅のやうに美しくはないか。
君を大體殲滅しつくした襯衣を着る
これは第一機関銃中隊の兵にとつてうれしくはないか。
あたらしい糊こそついてゐないが、すがすがしい
そして青空の下に仰臥し
草原をしたにして
しづかにあまい呼吸をするのだ。

（虱の歌）

なんであんな夢を見たか
へんな夢を見たものだ
おれはまだマダガスカルやセイロン島にゐて、船乗りをし
一メートルも上下動する波の中で
黄ろい瓶の酒を飲んでゐた
ラムの瓶で、何かのマークもあつたつけ。
それを又故國に帰り
とある家庭で賑かに
異母弟や妹達に圍まれて
長兄として、みんなの父のやうに交はつてゐる場面。

오히려 나는 새로운 속옷을 꺼내어
거기에서 이의 빈껍데기를 발견하고 쓸쓸했다
그리고 나는 처음으로
종달새가 두 마리 짝지어 있는 무리를 발견하였다
그것은 나의 바로 앞 아래쪽으로
사랑의 노래를 요란하게 울어대었다
그것은 자연이 아닌가
오월 바람에 반짝반짝 빛나고 있는 이의 알이여
너도 하늘 잠자리의 날개처럼 아름답지 않은가
너를 대개 완전 섬멸한 속옷을 입는다
이것은 제일기관총 중대의 병사에 있어서 기쁘지 않은가
새로운 풀이 되어있지 않지만 상쾌하다
그리고 파란 하늘 아래에 엎드려 눕는다
초원을 아래로 하고
조용히 달콤한 호흡을 한다

(이의 노래)

왜 그런 꿈을 보는가
이상한 꿈을 꾼 것이다
나는 아직 마다가스카르나 스리랑카 섬에 있어서 배를 타고
일 미터나 상하로 움직이는 파도 속에서
노란 병의 술을 마시고 있었다
라무(청량 탄산수에 시럽과 향료를 가미한 음료, 역자주)병으
로, 무슨 마크가 있었었나?
그것을 또한 고국에 보내고
어느 가정에서 떠들썩하게
이국의 부모형제나 자매들에 둘러싸여
큰형으로서 모두의 아버지처럼 섞여있는 장면

おれはまだ三本のラムの瓶を大事に持つてゐて
それがあると、何事でも成し遂げられさうな氣がしてゐた
魔法のやうに。
空瓶を曳出しに匿してゐた。
兵營にゐて、夢は五臓の困憊だといふが
おれは夢でありもしない経験をしたり
ひとり子の、孤児のおれがあたたかい家庭に抱かれてゐる
これもやはり別の世界でのおれの眞實なのだらうか。
兵營の中の起伏しは
單調で變化がないのに
異國の酒をそんなにおれは欲しがつてゐた。
風もなく、事実臥ぐるしい夜だつた
高原で演習をして
幕舎の中で草を藉いて睡てゐた
そして起きてびつしより汗をかき、
薊の花に李孝石の最後の作品を思ひ出したりした。

（ラムの瓶）

나는 다시 세 번째 라무병을 소중하게 들고서
그것이 있으면 무슨 일이라도 할 수 있을 듯한 기분이 되었다
마법처럼
빈 병을 서랍에 숨겨놓았다
병영에서 꿈은 오장의 피곤이라고 하지만
나는 꿈에서 있을 수 없는 경험을 하거나
외아들 독자인 내가 따뜻한 가정에 둘러싸여있다
이것도 역시 별세계에서의 나의 진실인 것일까
병영 속에 기복은
단조로워 변화가 없지만
이국의 술을 그렇게 나는 원하고 있었다
바람도 없고, 사실 잠들기 어려운 밤이었다
고원에서 연습을 하고
막사에서 풀을 깔고 누웠다
그리고 일어나서 땀에 흠뻑 젖어 엉겅퀴 꽃에 이효석의 최후의
작품을 생각하거나 하였다

(라무 병)

『一九四四年 十月號』

1944. 10

天罰の神機

獸敵アメリカの殘虐性は
わが将兵の靈屍を冒瀆す

金村龍濟

「神」を賣る宣教師の十字架に
「愛」の病院と學校をさげ來り
わが東洋の地にそも何を與へたる
思ふべし、かの人面獸心の行狀を

朝鮮人は牧師たりとも奴僕なり
わが家の玄關よりは入るべからず
少年の頰に「盜賊」の烙印をし
わが園の林檎は一個も拾ふべからず

かの利己卑劣なる「人種」差別
「東洋人は入るべからず」の地獄札
黒人私刑にも義憤するわれの
婦人を辱めて赤裸檢査の野獸性

正義の戰ひは堂々たる大道なり
含慾の爭ひは婪々たる鬼心なり
人獸の國ぶりの別
戰爭觀より明らかなるはなし

吸血嚼骨の殘忍非道
狂暴食人の本性露出

천벌의 뛰어난 기략

짐승 같은 적 아메리카의 잔악성은
우리 장병의 신령한 주검을 모독한다

'신'을 파는 선교사의 십자가에
'사랑'의 병원과 학교를 들고왔다
우리 동양의 땅에 도대체 무엇을 주려고
생각할만한 그 인면수심의 행장을

조선인은 목사라도 노복(奴僕)이고
우리 집 현관으로 들어오지 말 것
소년의 뺨에 '도둑'의 낙인을 하고
우리 정원의 사과는 하나도 줍지 말 것

그 이기적이고 비열한 '인종'차별
'동양인은 들어오지 말 것'의 지옥 표찰
흑인 사형에 의분하는 우리의
부인을 능욕해 벌거숭이 검사하는 야수성

정의의 싸움은 당당하게 큰 길이 되고
탐욕의 투쟁은 탐욕에 찬 모진마음이 되고
사람과 짐승의 풍속은 다르고
전쟁관보다 밝은 이야기

피를 빨고 뼈를 씹어 잔인무도
미쳐 날뛰며 사람을 먹는 본성 노출

抑留邦人を虐待し病院船を狙撃し
ああ遂にわが將兵の靈屍を冒瀆す

わが武士道の大らかな情宜は
敵屍の上にねむごろに花をかざるを
アメリカ少女はわが頭蓋骨に禮狀をものし
國政の「紳士」亦玩具に弄あふぶ

かのギルバートの島に戰死せる
わが甥の悲しき公報に接して
遺骨いまだ到らざるこの時
徵兵のわが從弟は冒瀆を憂憤す

われとわが頭蓋骨、はた腕骨の
かくもうづくを撫して想へば
國の血の地下水も憤泉を噴くなり
國の骨の岩脈も火山を吐くなり

われはかく
慟哭の籃を胸に刻むれば
きみはよく
雪辱の劍を臑に研ぐべし

されどわが正法の兵書には
齒には齒、目には目の卑策なし
天に代りて神機を逸せず
獸敵救濟の誅罰を加へむ

억류한 우리나라 사람을 학대하고 병원선을 저격해
아아—결국 우리 장병의 신령한 주검을 모독한다

우리 무사도의 위대한 정의는
적의 주검 위에 정성스레 꽃을 장식하는 것을
국정(國政)의 '신사(紳士)' 또한 완구로 가지고 논다

저 길버트제도(Gilbert Islands)에 전사한다
우리 조카의 슬픈 소식에 접해
유골 아직 쓰러지지 않은 이 때
징병된 우리 사촌동생은 모독을 걱정하고 분개한다

저절로 나의 두개골 한쪽 손목뼈의
이렇게 아픈 것을 쓰다듬고 생각하면
나라 피가 지하수도 분노하여 샘물을 뿜게 되고
나라의 뼈가 암맥(岩脈)에도 화산을 뿜고

우리는 이렇게
통곡의 소금을 가슴에 새기면
너는 용케
설욕의 검으로 정강이를 갈 것이다

그러나 우리 정법의 병서(兵書)에는
이에는 이, 눈에는 눈의 너절한 책략은 없다
하늘을 대신해 신령한 기략을 비껴가게 하지 않는다
짐승 같은 적 구제의 죄를 물어 처벌한다

壯丁百萬出陣の歌

川端周三

いのちを上に捧げるものに
故國ほど美しいものはない。
上のためにはなにものも生きずと。
アツツ玉碎し
タワラ、マキン
サイパン又全員戰死するとも
一億の底から沸きあがるあの力。
せりあがる現實に抗がひ
ねむりにも爽やかな死き方を學ぶあの一念。
火山灰さへアルミと化し
擊敵の糞となつて飛ぶ今日。
いたずらに言葉の痛さを解くのではない。
乾坤相搏つ厲しい歷史の一刻に
大君の御馬前近く
今を死せず生きるときなしと。
奧ぶかく燃えるまなざしで
幾千年の闇雲を一瞬に解決し
半島の將丁百萬ことごとく
神機をとらへて、今君前に立つ

장정 백만 출정의 노래

목숨을 주인에게 바치는 자에게
고국만큼 아름다운 것은 없다
주인을 위해서는 어떤 것도 존재하지 않는다고
앗츠 섬을 부수고
다와라, 마킨
사이판 다시 전원 전사하는 것도
일억의 마음에서 끓어오르는 그 힘
솟아오르는 현실에 저항하고
잠드는 것도 산뜻한 죽음의 방법을 배우는 일념
화산재마저 알루미늄으로 변하여
적 공격의 날개가 되어 나는 오늘
장난으로 언어의 아픔을 해석하는 것이 아니다
천지에 치고받는 커다란 역사의 일각에
대군의 말 눈앞에 가깝고
지금 죽지 않으면 살수 없다고
마음속 깊이 타는 눈동자로
몇 천 년의 암운을 한순간에 해결해
반도의 장정 백만 모두
신령스런 기략을 쥐고 지금 너희 앞에 선다

大悲願の下に
-入營を前に-

添谷武男

澄む銀河心に泌みる夜なりけり征く日の近きみ社の前
どんどんと走りて行かむ英靈に励まされつつ最後の奥處まで
わかもののすべてが持てる大悲願こゝにあふれて嬉しき酒宴
父母よ姉よ妹よ弟よ健くましませ何時の日までも
われをよく生み給ひたり決戰に召さるゝ我の幸や極まる
よく泣きし赤坊タケヲも米鬼英鬼うちひしぐべきますらをとなりぬ
防人の歌唱へつつ歌詠めばかなしきまでに通ふものあり
幾多の人軍に送れどつひに我も召され征くべき幸に浸りぬ
やる方なき憤りをおさへ召され征くわかもの我らに期して待つべし

대 비원(悲願) 아래에서
-입영을 앞두고-

맑은 은하 마음에 스며드는 밤이 되어 출정의 날 가까운 신사 앞
자꾸자꾸 달려가는 영령에 격려 받으며 최후의 끝까지
젊은이들 모두가 가진 대비원 여기에 넘쳐서 기쁜 주연(酒宴)
부모여! 누나여! 여동생이여! 남동생이여! 힘차게 언제까지나
우리를 잘 낳아주셔서 결전에 불려지는 우리의 행복은 극진하다
잘 울던 아기 다케오도 미국의 귀신 영웅의 귀신으로 기세를
꺾을만한 대장부가 되었다
병사의 노래 부르며 시를 읊으면 슬픔까지도 상통하고
많은 사람들 군에 보내고 이윽고 나도 불려 출정해야 할 행복
에 잠긴다
풀길 없는 마음의 분노를 억누르고 불려서 출정할 젊은 우리들
시기를 기다릴 것이다

『一九四四年 十一月號』

1944. 11

徴用・詩三篇

城山豹

立志の日に

老松亭々枝をまじふる
傾斜地からは
海がわづかに見へた

海はすぐ間近にあるが
何か遠くにあるやうに
それなに私の眼はうるんだのだ

萬葉の防人達は
征矢を背に負ひ
築紫へゆくため
このあたりから船出したらう
長い東國からの旅を了へて

〝わがうら若き日において
心の支へを失ひ
幾變轉したことであらう〟

あゝしかし
けふよりは
若き私の脈管をめぐつて
高鳴る大いなる歌
　けふよりはかへりみなくて大君の
　醜の御楯といでたつわれは

징용 · 시 3 편

뜻을 세운 날에

노송이 높다랗게 우뚝 서 가지가 얽혀있는
경사지에서는
바다가 얼마간 보였다.

바다는 바로 가까이 있지만
어쩐지 멀리 있는 듯
그렇게 내 눈은 눈물이 맺은 것이다.

만요(萬葉)의 병사들은
화살을 등에 지고
쓰쿠시(築紫)지방으로 가기위해
이 근처에서 범선을 출발했겠지
긴 아즈마(東國)지방의 여행을 끝내고

"우리의 젊디젊은 날에 있어서
마음 의지할 것을 잃고
몇 번이나 바뀌어 갔던가"

아― 그러나
오늘부터는
젊은 나의 혈관을 둘러싸고
높이 울리는 위대한 노래
　오늘부터는 돌아보지 않고 천황의
　방패 되어 출정하는 우리

海邊の村の夕暮

海邊の村は
潮の香に濡れ夕暮にはひつそり灯がともる

工場から歸つてきたはでな浴衣の若い娘が花簪のやうに美しく
時たま露地から出たり入つたり
まるで岩間の若鮎だ

私の寮の窓からそれが見へる
ガラスの窓枠にはまつて
それらの風景は
額椽のなかの水彩畫のやうに
あはあはとかなしくせつなく
暮れてしまつふ

わが瘦腕の賦

かつて
美しい人と並んで
プラターヌの徑を歩いたお前

かつて
酒盃を高くかざしたお前

かつて
花壇のやうな灯の街で
今は遠く去つた
可憐な少女の眸に慄へたお前

해변 마을의 황혼

해변 마을은
소금 향에 젖은 황혼에 살그머니 등불이 켜진다

공장에서 돌아온 화려한 유카타의 젊은 아가씨 꽃 비녀처럼
아름답고
때때로 노지에서 들어왔다 나왔다
마치 바위사이의 팔팔한 새끼 은어다

나의 하숙 창가에서 그것이 보인다.
유리창 틈에 끼어
그러한 풍경들은
액자안의 수채화처럼
희미하고 슬프고 애타게
날은 저물고 만다

나의 야윈 팔의 시(賦)

일찍이
아름다운 사람과 나란히
플라타너스 좁은 길을 걸은 그대

일찍이
술잔을 높이 들었던 그대

일찍이
화단과 같은 불이 켜진 거리에서
지금은 멀리 사라졌네
가련한 소녀의 눈동자에 떨리던 그대

痩腕よ
お前はサンチヨ・パンザのやうに
山を越へ海を渡り
私に従いてやつてきた

そして
お前は頃日
ハンマーの主人
お前が動かないと
ハンマーは動かない
僕の心が亂れた時
お前はた丶かれて血を流す

痩腕よ
やがてお前の血の涙は
潜水艦に結晶するだらう
やがてお前は僕の涙に濡れ
感激は慄へるだらう

その時に勲章を與へるやうに
僕はお前に花を一束與へやう

야윈 팔이여
그대는 산초 판자(돈키호테 시종, 역자주)처럼
산을 넘고 바다를 건너
나를 따라 왔다

그리고
그대는 근래
망치의 주인
그대가 움직이지 않으면
망치는 움직이지 않는다.
나의 마음이 흔들릴 때
그대는 두드려 맞아 피를 흘린다

야윈 팔이여
드디어 그대의 피 눈물은
잠수함으로 결실 맺겠지
드디어 그대는 나의 눈물로 흘러
감격에 떨겠지

그때에 훈장을 주듯이
나는 그대에게 꽃 한 다발을 주겠다

『一九四四年 十二月號』

1944. 12

鑛山地帶

新井雲平

鑛山地帯に降る雪

雪は冬の使者である
天使のやうな者である
私たちの鑛山を白く埋め盡くして
遠い上の方から降りて來る
すぐ隣りの峰に
虎が煙草をのむ風な姿をしてあぐらをかいて居るのを
去年の今頃見たといふ
はるかな傳説の様なものが話題になるこの山奥に
けはしい峠を三つも四つも越えた向ふから
昨日國民學校のヨイコさん達が
慰問に訪てくれた
軍歌をうたつたり春高樓の月をうたつたり羽衣といふ遊戯を
見せてくれた
私たちは暖かい涙をかくし乍ら
指を揃へて見物した
あ　それから今日はこの雪だ
あかるく天におどりつゝ
すこし茶目な氣取つた足取りで
私たちが朝會をしてゐる庭いつばいに
かるい音をさせてやつてくる
私たちの並んだ足の處まできては
いちやうに似た姿で倒れて見せる

광산지대

광산지대에 내리는 눈

눈은 겨울 사자다
천사와 같은 자이다
우리들의 광산을 하얗게 다 채우고
먼 위쪽에서 내려온다
바로 옆 봉우리에
호랑이가 담배를 먹을 듯한 모습을 하고 좌정하고 있는 것을
작년 이맘때쯤 보았다고 한다
먼 전설 같은 것이 화제가 되는 이 산속 깊이
험준한 고개를 세 네 개나 넘는 저쪽에서
어제 초등학교 착한 애들이
위문으로 와주었다
군가를 부르거나 봄의 고루의 달을 노래하거나
선녀 옷이라고 하는 유희를 보여주었다
우리들은 뜨거운 눈물을 감추면서
손을 모으고 보았다
아-그리고 오늘은 이런 눈이다
밝게 하늘에서 춤추면서
조금 장난기 어린 발걸음으로
우리들이 조회를 하고 있는 마당 가득히
가벼운 소리를 나게 한다
우리들과 나란히 걸어와
똑같이 닮은 모습으로 쓰러져 보인다

それが何度もくり返される
勤勞をすると人間が素直になるのか
わたくしはわけも無く感動する
夜ふとんをかぶつて勞務管理とか食糧特配の事とか手袋の配
給とか…
冬の準備を考へながら眼をつぶつてゐると
私たちの合宿の部屋まで
雪は靜かに訪ねてくる
心のなかの戀人のやうだ
幽かな衣ずれの音をさせて
その幽かな音に抱かれるやうに
誰かがすやすや睡つて居る。

咸元泰

坑夫咸元泰
右肩上りの六尺ゆたかな體軀を領し
やゝ氣がかりな額の皺は三條あれども
おだやかな調子で物を訊き
瞳すみ恒に顔は微笑もて蔽はる
出勤は誰よりも早く
坑道の前で靜かに帽子をとり頭を垂れ
一日を祈り
新らしい鑛脈を發見けるとすこし吃り勝ちになる――

彼の履歷にみる鑛山勤務十餘年
其間獨りの母親が死んで五日間休んだといふ、
われわれは彼に訓へる荷物も無い

그것이 몇 번이고 되풀이 된다
일을 하는 인간이 솔직해 지는 것일까?
나는 이유도 없이 감동한다
밤에 이불을 뒤집어쓰고 노무관리라든가 식량 배분의 일이라
든가 장갑의 배급이라든가……
겨울 준비를 생각하면서 눈을 감고 있으면
우리들의 합숙소 방까지
눈은 조용히 찾아온다
마음속의 연인처럼
희미한 옷깃 끄는 소리를 내고
그 희미한 소리에 안겨있는 듯
누군가 새근새근 잠들어있다

함원태

갱부 함원태
오른쪽 어깨까지 6척 풍성한 체구를 한
조금 신경 쓰이는 이마의 주름은 세줄 있지만
차분한 어조로 묻거나
맑은 눈동자로 항상 얼굴은 미소짓고 있다
출근은 누구보다도 빠르다
갱도 앞에서 조용히 모자를 쥐고 머리를 숙여
하루를 기원하고
새로운 광맥을 발견하면 조금 말을 더듬거리곤 한다---

그의 이력를 보면 광산근무 십여 년
그사이 홀어머니가 돌아가시고 5일간 쉬었다고 한다
우리들은 그에게 가르칠 것이 아무것도 없다

たゞ彼の健康を祝するだけである
おお、此の男がつみとつた地實を目の前に積み上げたらどん
なものだらう――
私は他から氣づかれずに受けるあの幸福な感じに侵り乍ら
空に白い雲が流れてゐる
この美しい秋の一日を
いそいそと歩をうつして
彼の家へいさゝかの御祝ひを陳べに出掛ける處である
たツた今顔の圓い彼の女房は
彼が坑内に入つてゐる間
恰るで厚い七月の大地からすばらしい大根を矢繼ぎ早やに引
ツこ拔く様に
九人目の息子を生み落したといふのだ。

國民學校慰問隊

木の葉があちこち飛んでゐる中を
手に手に大事なものを抱へる姿勢で
君たちは鴨江邊りからやつて來た
小鳥のやうにはしやぎ乍らやつて來た
何が入つてゐるのかと見てみたら
おいしい野ぶどうやとうもろこし
いや丹誠こめてつくつたキヤベツもある胡菽もある
ぼくたちはよごれた手も構はずに
どんなにおいしく喰べた事だらう！

増産戦士ノ皆サマ米英ヲ撃滅シテ下サイ
モツト増産シテ下サイ――

단지 그의 건강을 축복할 뿐이다
오오- 이 남자가 캐낸 땅의 보물을 눈앞에 쌓았다면 어떤 것이
될까
나는 다른데서 느끼지 못한 행복감에 젖으면서
하늘에 하얀 눈이 내리고 있다
이 아름다운 가을날
서둘러서 걸음을 옮기고
그의 집에 잠깐 축하의 말을 하기위해 외출하던 중이었다
바로 그때 얼굴이 둥근 그의 부인은
그가 갱내에 들어간 사이
마치 두터운 7월 대지에서 멋진 무를 연달아 재빠르게 뽑아내
듯이
아홉 번째 아이를 낳았다고 한다

국민 학교 위문대
나뭇잎이 여기저기 날아다니는 속을
손에 손에 중요한 것을 안은 자세로
너희들은 강가(鴨江)에서 왔다
작은 새처럼 떠들며 왔다
무엇이 들었는가 보니
맛있는 들판의 포도와 옥수수
정말 정성을 담아 만든 양배추도 있고 곶감도 있다
우리들은 더러워진 손도 상관하지 않고
얼마나 맛있게 먹었던지!

증산 전사 여러분 미국 영국을 격멸해 주세요
더욱 증산해 주세요--

君たちの代表が前列で言つた時
あやふく涙がこぼれさうで
ウム、知つてゐるだよ　知つてゐるだよ…
思はずお國訛りが出て來た

それから歌をうたつてくれるといふので
あはてゝ小さな舞臺を造つてやつた
其れも板をしきつめた危いもの
背景はぼくたちの本坑がなり
右手には火藥庫が見えてゐた――
あんまり元氣よく彈ねたち
板が「折れるよ」と聲を出したので
愕ろいて足の裏をみて見る腕白も居たつけ
ぼくたちは行儀よく居坐つて
君たちの大きな聲におどろいたが
蒼い天もおどろいたのか
後ずさる様にしては聽いてゐた。

手選場の婦人たち

冬の静かな陽射しをうけて
手選場の婦人たちが働らいて居る
邊りを明るくはらひ乍ら

時々重さうな山がふるへ出す
其れでも指先きはやすまない
びちびち其れが光つて居る

私は其傍を通るたんび

너희들의 대표가 앞줄에서 말했을 때
하마터면 눈물이 날듯해서
음, 알고 있어요. 알고 있어요…
나도 모르게 지방사투리가 나와 버렸다

그리고 노래를 불러주겠다 해서
서둘러 작은 무대를 만들어주었다
그것도 판자를 깔아 위험한 것으로
배후는 우리들의 갱도가 있고
좌우에는 화약고가 보였다…
너무나 힘차게 뛰어올라
판자가 "부서지겠어"하고 소리를 질러서
놀라서 발밑을 보는 장난꾸러기도 있었지
우리들은 예의바르게 앉아서
너희들의 커다란 목소리에 놀랐지만
파란 하늘도 놀랐는지
뒷걸음질 치듯이 듣고 있었다

수선장의 부인들
겨울의 조용한 햇볕을 받아
수선장의 부인들이 일하고 있다
주변을 밝게 하면서

때때로 무거운 듯한 산이 떨려온다
그래도 손끝은 쉬지 않는다
번쩍번쩍 그것이 빛나고 있다

나는 그쪽을 지나갈 때마다

指は美しくなくつともよいから
掌がぴいんと張つてゐて――

寒い冬空でもまめまめしく働らき
味噌汁もじようずに炊けるやうな
そんな娘さんが見つかつたら

目上の云ふ事をよく聴く
わたくしの弟のお嫁さんに
是非嫁てくれるやうに頼んでやろ

其の為なら私が代りに
十里の道も草鞋がけ
お百度をふんでもいいと思ふ。

合宿飯

志を立てて郷關を出て
思へばながい其のあひだ――
　お箸小さく片手に持つて
　暑くもないのに汗が出て
　喉元がくるしい居候飯
　月末こわい下宿飯
　器が氣になる食堂飯

みんな此の身の滋養に
なつてこんなに丈夫だが――
　其れもさうだが思ひ出す
　壁に虎の圖が貼つてある

손가락은 예쁘지 않아도 좋으니
손바닥이 부풀어 있는…

추운 겨울 하늘에도 부지런히 일해서
된장국도 능숙하게 끓일 듯한
그런 여자가 보이면

윗사람이 말하는 것을 잘 듣고
나의 동생의 부인에게
꼭 와달라고 부탁하자

그러기 위해 내가 대신에
십리의 길도 짚신을 신고
백일기도를 해도 좋다고 생각한다

합숙소 식사
뜻을 세우고 향관(鄕關)을 나와서
생각해보면 길고 긴 그 사이
　작아진 젓가락 한손에 쥐고
　덥지도 않은데 땀이 나고
　목구멍이 괴로운 더부살이 식사
　월말이 무서운 하숙밥
　식기가 신경이 쓰이는 식당밥

모두 이 몸의 자양이
되어 이렇게 건강하지만…
　그것도 그렇다고 상기한다
　벽에 호랑이 그림이 걸려있다

ポプラの下の一軒家
雀もちゆんちゆん覗いてる
ふつくらと旨い飯

たんとお上り言つてゐる
母の瞳にぶつつかり乍ら――
　元氣よく「御馳走さま」
　學校へ行けば先生は
　よく出來ると讚めてくれ
　友だちと組んだ相撲でも
　負けた事の無いあの飯

追憶の飯もこんなに
滋養になつて丈夫だが――
　朝は早くから目を覺まし
　かたい鑛山と取つ組んで
　發破の音のあひまには
　谷川の水が歌つてる
　現場からの歸り道

道をふさいで立つてゐる
仔牛をやさしく押しのけて――
　微風に吹かれて歸れば
　味噌汁の匂ひがぶウンと
　まぢつて來る其の時
　同僚と手を取り走り寄る
　此の頃の合宿飯！

포프라 아래 집 한 채
참새도 짹짹 울고 있다
부드럽게 부푼 맛있는 밥

많이 먹으세요 하고 말한다
어머니의 눈동자를 마주하면서--
기운차게 "잘먹겠습니다"
학교에 가면 선생님은
잘했다고 칭찬해주고
친구들과 겨룬 씨름도
진적이 없는 그 밥

추억의 밥도 이렇게
자양이 되어 건강하겠지만--
아침 일찍부터 눈을 떠서
딱딱한 광산과 씨름하고
발파의 소리 사이에는
계곡물이 노래한다
현장에서 돌아오는 길

길을 막고 서있는
송아지를 상냥스럽게 밀쳐 내고--
미풍에 날리어 돌아오면
된장국 향기가 상큼하게
섞이어 오는 그때
동료와 손을 잡고 뛰어온다
요즘 합숙소 밥 !

冬の日に

零下二〇度
木の枝で鳴いてゐた小鳥たちはみな何處へ行つたか
雪が降り其の上にまた雪が降り
それが幾度もつゞき眼が痛くなる程
ピインと張つた空の色を照り返してゐる
それでもわれわれは休んでゐない
背丈が一寸ぐらゐ縮まつて着物の厚い方を選んで
ながい北國の冬に耐へ
うかうかしてゐると直ぐ日が落ちるので
其處だけぼつかり黒く見える
坑内へいそいで駈け込んで行く
ここは冬でもあたゝかい
ここに入ると心が落ち付いてくる
私たちはお晝の時間になつても出て行かないで
京城から二十日かゝる郵便の事も話したり
めいめい雲のやうな髪した戀びとの事を話したり冬は寒いと
話したり
時々自分たちは熊のやうだ等と想ふ

酒の配給日

酒の配給日になると　皆んな心が娯しくなる
陽が暮れかゝる其頃　年老りは何度も鬚をしごき
若者は兎をつかまへに　裏の方へと飛んで行く

合宿所はいちどに風が入つたやうだ
カンテラはここぞと燃えさかり

겨울날에

영하 20도
나뭇가지에서 울고 있던 작은 새들은 모두 어디에 간 것일까
눈이 내려 그 위에 다시 눈이 내려
그것이 몇 번이고 계속되어 눈이 아플 정도
팽팽하게 부푼 하늘색을 반사하고 있다
그래도 우리들은 쉬지 않는다
키가 3cm정도 줄어 옷 두께를 선택해서
긴 북국의 겨울을 견디고
아무생각 없이 있다보면 바로 날이 져서
그곳만이 완전히 어둡게 보인다
갱내에 서둘러 뛰어 들어간다
이곳은 겨울도 따뜻하다
여기에 들어오면 마음이 차분해진다
우리들은 낮 시간이 되어도 나가지 않고
경성에서 20일 걸려온 우편을 말하거나
제각각 부시시한 머리의 애인에 대해 이야기하거나 추운 겨울
을 이야기 한다
때때로 우리들은 곰 같다고 생각한다

술 배급날

술 배급날이 되면 모두 마음이 즐거워진다
해가 질 무렵 나이든 사람은 몇 번이나 수염을 훑고
젊은이는 토끼를 잡기위해 뒤쪽으로 뛰어간다

합숙소는 일시의 바람이 들어온 듯하다
휴대용 석유등은 여기라는 듯 활기차게 타고

仕事仲間にはよくある事の
胸の繡りなぞ見えない物も
木の葉の横に飛んで行く

皆んな總立ちになつてしまふ
快よく筋肉が解ぐれると
謠が出る陽山道が出る踊りが出る
アンペラもあちこち動き出る

若い鑛業所長は怒鳴つて居る
明日も此の調子で增産だ
歌へないやつは元氣よく屁をひれい――
そして自分が眞ツ先きに始めてる

酒の配給日になると　皆んな心が娛しくなる
陽の暮れか、る其頃　年寄りは何度も鬚をしごき
若者は兎をつかまへに　裏の方へと飛んで行く。

發破
山がしやつくりをしてゐる

今の今雷管が破裂したのだ

山腹では雲が流れ

村の一番鷄が鳴いてゐる

일하는 동료에게 자주 보이는
가슴의 응어리 따위 보이지 않는 것도
나뭇잎처럼 날아가 버린다

모두 다 일어서고 만다
기분 좋게 근육이 풀리면
민요가 나오고 양산도가 나오고 춤이 나온다
암페라*도 여기저기서 움직여 나온다

젊은 광업소장은 소리치고 있다
내일도 이 상태로 증산이다
노래하지 않는 자는 기운차게 방귀를 뀌어라--
그리고 자신이 가장 먼저 시작한다

술 배급일이 되면 모두 마음이 즐거워진다
해가 질 무렵 나이든 사람은 몇 번이나 수염을 훑고
젊은이는 토끼를 잡기위해 뒤쪽으로 뛰어간다

　　　　　　　　　　　　발파
산이 딸꾹질을 하고 있다

방금 막 뇌관이 발파된 것이다

산중턱에서서는 구름이 흐르고

마을에서 첫닭이 울고 있다

---

* 암페라(アンペラ): 금방동사니의 줄기로 엮은 거적

便り

いつも高い處ばかりが氣に入つて
肝じんな足下が亂れ勝ちでも
髮の毛がどんどんのびるので
帽子も被らずに濶步した
昨日の事が夢のやうだ――
此處では髮の毛をはげしく振り乍ら
一夜經てば何んでもない事を悲壯がらなくともよいし
卷脚絆に戰鬪帽を被つてみると
第一目の付け場所が違つてくる
金の粉をばら撒いたやうな
天では星が歌ふやうな
明るい光りをまともに
ひれ伏してしまひたいやうな
此生は何んとすばらしいものだらう
おお　其れにも增して愛人は
何んと光つてよいものだらう――
だが其れよりもよいものが
こんな處に置いてある
朝は小鳥の合唱で
(鑛山には小鳥が多いのだ)
眼をさませば仕事だ
それから夢の樣な時間がくる
年老りも居る若者も居る
其の中には僕も混つてゐる

仕事が濟んで戻れば
星も出てゐる月も出てゐる

소식

항상 높은 곳이 마음에 들어
중요한 발걸음이 흐트러지기 쉬운데도
머리카락이 점차 자라서
모자도 쓰지 않고 활보한다
어제일이 꿈같다…
이곳에서는 머리카락을 심하게 흔들지만
하룻밤 지나면 아무렇지도 않은 일을 비장하게 여기지 않아도
좋다
각반에 전투모를 쓰면
먼저 눈에 띄는 장소가 달라져 온다
금가루를 흩뿌린 듯
하늘에서는 별이 노래하는 듯
밝은 빛을
바다에 깔아놓은 듯한
이세상은 얼마나 멋진 것인가
오오- 그보다 더 애인은
얼마나 빛나고 좋은 것인가…
그러나 그보다도 좋은 것이
이런 곳에 있다
아침은 작은 새의 합창으로
(광산에는 작은 새가 많다)
눈을 뜨면 일이다
그리고 꿈같은 시간이 온다
노인들도 있고 젊은이도 있다
그 속에는 나도 섞여있다

일이 끝나고 돌아오면
별도 나와 있고, 달도 나와 있다

もう月には白鬚を延ばした李太白が
酒を飲めとは勸めない。

勞務管理

勞務管理とは別ぢやない
勞務者をしんから愛する事だ
先づ指揮に當る者は
下の者の名前を覺える事だ
其の倅の名前まで覺える事だ
相手が病氣をする時には
藥を持つて行く事だ
釘の一本でも盗む不心得者をみつけたら
二本を與へて覺らせるがいい
勤勞する人たちは單純な人達だ
其れがよく働らかぬ場合には
こつちに手ぬかりがあつたのだ
相手の生活の面倒をみてやり
親愛の情を持つてゐれば
向ふは「濟みません」と言つて從いてくる
難しい事を言つてやつても
相手は仲々判つてくれない
四角イ事ばかり言つてゐると
こつちも疲れやうが向ふは尚疲れる
お互ひがへとへとになつたら仕事は出來ない
要は愛情を持つ事だ…
こつちが向ふを大事にすれば
向ふは仕事を大事にするのだ

벌써 달에는 하얀 수염을 기른 이태백이
술을 마시라고 권하지 않는다

노무관리

노무관리라는 것은 별다른 것이 아니다
노무자를 마음속에서부터 사랑하는 일이다
먼저 지휘하는 자는
아랫사람의 이름을 기억하는 것이다
그 아들의 이름까지 기억하는 것이다
상대가 병에 걸렸을 때에는
약을 가지고 가는 것이다
못 하나라도 훔치는 마음가짐이 좋지 못한 자를 발견하면
두 개를 주어 기억하게 하는 것이 좋다
근로하는 사람들은 단순한 사람들이다
열심히 일하지 않았을 때는
이쪽에 결함이 있는 것이다
상대의 생활을 돌보아주고
친애의 정을 가지고 있으면
상대는 "미안합니다"하고 따르게 된다
어려운 것을 말해도
상대는 좀처럼 알아주지 않는다
딱딱한 것만 말하면
이쪽도 피곤하겠지만 상대는 더욱 피곤하다
서로 기진맥진해져 일 할 수 없다
요는 애정을 가지는 것이다---
이쪽이 상대를 소중하게 여기면
상대는 일을 소중하게 여기게 되는 것이다

酒の配給が來たら
一滴でも餘計に飲ましてやれ
當り當の事を忘れずにやる事だーー

われわれの方では責任鑛量は朝飯まへだ
坑内で足をくぢいた運搬夫が
其れをかくしてびつこを引き乍ら働らいてゐるのを
所長がぶんぶん怒つたら
濟みませんと詫びてゐる
もぢもぢし乍ら詫びてゐる。

술 배급이 오면
한 방울이라도 더 마시게 해줘라
당연한 것을 잊지 말고 하는 것이다--

우리들에게 책임 광산량은 누워서 떡먹기다
갱내에서 발을 삔 운반부가
그것을 속이고 절뚝거리면서 일하고 있는 것을
소장이 소리 높여 화내면
죄송하다고 용서를 빈다
우물쭈물하며 용서를 빈다

『一九四五年　一月號』

1945. 1

日本海詩集

川端周三

序詞

必死の歌のやうに
かなしみと言ふよりは
もつとふかく、純粹に
心億年を傾けて
未來へ
うち寄せうち寄せる
おれの所在を
あらい動悸が示してくれる。
日本海のやうに。

作品第壹

うみは沸くのだ。
みてゐるとぱかつと海坊主が頭をもたげ
空氣の中で激しい音を立てゝ破れる。
うみは燃えてゐるのだ。
皇紀二千六百年の火の御代を
炎々青げぶりめぐつてゐる
松風の潮にとけゆくあたり
うみのひゞきは
幾億萬年かはらぬ神傳の音樂。
こうしてゐると
むらさきいろの天頂に
對岸の出雲の國や
軍港舞鶴。

일본해 시집

서사(序詞)

필사의 노래처럼
슬픔이라기보다
더욱 깊이 단순하게
마음은 억년을 경주해
미래에
밀려오고 밀려온다
나의 소재를(所在)
거친 심장고동소리가 나타내 준다
일본해처럼

작품 1

바다는 끓어오른다
보고 있으면 불쑥 바다 도깨비가 머리를 들고
공기 속에서 거친 소리를 내면서 부서진다
바다는 타고 있는 것이다
진무(神武) 이천육백 년의 불타는 황대를
활활 파란 연기가 돌고 있는 것이다
솔바람의 바닷물에 녹아가는 근처
바다의 울림은
수억만 년 변하지 않는 신령하게 전해지는 음악
이렇게 하고 있으니
보라색 하늘 정상에
건너편 이즈모(出雲) 지방이나
군항 마이쯔르*

---

* 마이쯔르(舞鶴): 교토후(京都府)북부(北部)와카사만(若狹湾)에 접해있는 시의 군항.

新潟あたりの石油櫓の林立や
神富士などが
蜃氣樓のやうに浮びあがる。
内地の沿岸には
朝鮮の炭素地帶や雲母群が
綠したゝるテーブルランドの上に
天のきらゝのごとく輝やくだらう
あれやこれやで
うみの邊に來て一日倦かぬは
そのためだ。

作品第貳

なまこや、あかえいや
しびれ魚なぞ。
日本海が腹わたまでぶみまけて
まつさをにぶつかつてくる。
どどーん、どどーん。
全地球の三分の二の力が
今、この岩が根めがけ打ち寄せてくる。
そのたびに
ゆつさゆつさ
大きな時間が傾むき
よろめく。

作品第參

凍えた半球の
ある砂原の一點に
おれは歷矣と黑い影を押して立つてゐる。

니가타(新潟) 근처 석유 망루에 늘어선 숲이나
신(神)의 산 후지산 등이
신기루처럼 떠있다
내지의 연안에는
조선의 탄소 지대나 운모군(雲母群)이
초록색이 방울진 원탁 테이블위에
하늘의 운모처럼 빛나고 있겠지
이런 저런 것으로
바다근처에 와서 하루종일 싫증내지 않는 것은
그 때문이다

작품 2

해삼이나 노랑가오리나
전기 물고기 등
일본해가 내장까지 차 감기며
새파랗게 부딪쳐온다
두둥-두둥-
전 지구의 3분의 2의 힘이
지금 이 바위 뿌리를 겨냥해 밀려온다
그때마다
흔들흔들
커다란 시간이 기울어져
비틀거린다

작품 3

얼은 반구의
어느 모래사장의 한곳에
나는 우뚝 검은 그림자를 늘이고서있다

青い呑口をあけた大日本海の上に
粉雪がなんぢともゑと降りしきつてゐる。
雪片がじむと音を立てて消えるとき
うみは沸いてゐるとしか念へぬ。
翳をともなはぬ白いひかりが
鷺毛のやうにひしめき
もんどり打ち
一瞬宙字*にとゞまりながら
どんな風景を生み出すのだらうか。
恐らく雪が天に還つたあとも
うみの中心には氷河よりも古い
白い靄やうのものが立ちこめたまゝだらう。
大虚とも海坂とも知れぬ漂紗の
豊葦原のやうに
神話のみがもつ不思議にくらい場所に
憩むときなく日月星辰はみがゝれ
星雲ひとかたまりとなつて
太古のとゞろきをあげてゐよう。
やがて二月、三月、……
日本海の沿岸を洗ふ潮々にのつて
北陸から山陰に
更に玄海を越えて
南鮮から北鮮へ
神々は
雪や
霰や
雨や

---

* 宇宙의 오자로 추정 됨.

파란 입을 벌린 대일본해 위에
가랑눈이 소용돌이치며 계속 내리고 있다
설편이 찡하게 소리를 내고 사라져 갈 때
바다는 끓고 있다고 밖에 생각되지 않는다
그늘이 없는 하얀 빛이
거위의 깃털과 같이 밀치락달치락
공중제비 돌고
일순간 우주에 머무르면서
어떤 풍경을 만들어내고 있는 것일까
아마 눈이 하늘로 돌아간 뒤에도
바다 중심에는 빙하보다도 오래된
하얀 싸라기 눈 같은 것이 채워져 있겠지
허공이나 바다 언덕도 모르는 넓고 끝없는
도요아시하라(豊葦原: 일본국 미칭, 역자주)처럼
신화만이 갖는 신기하고 캄캄한 장소에
쉼없이 일월성신은 연마되어
별과 구름이 한 덩어리가 되어
태고의 울림을 울리고 있겠지
드디어 2월 3월 …
일본해의 연안을 씻는 바닷물을 타고
호쿠리쿠(北陸)에서 산인(山陰)에
더욱이 현해탄을 넘어서
남조선에서 북조선에
신들은
눈이나
싸라기눈이나
비나

風
となつて
上陸したまう
そのあとあとから人々の吐息が
梅の清いつぶてが
さくらや連翹のはなが
日本海をすひ上げて
一面に咲くのだ。

作品第四

こんなおだやかな日でも
水の性にのつて
その奥底より挑みくるものがある。
遠沈づむ一線となつて
天をひきまはす
内海の岸々
金剛山や親知らずの
あのけはしい地貌。
だがいたづらにあんな格好を好んでゐるのではない。
天地創造のときの、わめきと駭きが
そのまゝ深く刻みこまれたんだ。

作品第五

國を念ふときの感激に似た
あの鼻をつんと衝く寒氣の日でも
自轉車なぞ押し
回り路してでも
おまへを見ぬと収まらないのだ。

바람
이 되어
상륙하겠지
그 다음 다음에 사람들의 한숨이
매실의 깨끗한 열매들이
벚꽃이나 연꽃이
일본해를 빨아올려
일면에 피는 것이다

작품 4

이런 평안한 날에도
물의 성질을 타고
그 깊숙한 곳에서 도전하는 것이 있다
멀리 잠기는 하나의 선이 되어
하늘을 끌고 다니는
내해(內海)의 벼랑들
금강산이나 오야시라즈*의
그 험난한 지형
그러나 장난스럽게 그런 모습을 선호하는 것이 아니다
천지창조 때의 아우성과 놀라움이
그대로 깊이 새겨진 것이다

작품 5

나라를 생각할 때의 감격과 닮았다
코를 찌르는 추운 날에도
자전거를 타고
돌아서 오는 길이라도
너를 보지 않고서는 진정되지 않는 것이다

---

* 오야시라즈(親知らず): 니가타(新潟)현 남부의 단층 해안으로 난 험한 길

おまへの見えぬ何かに壓へられると
おれの胸うちに
聲ならぬ喚らびが湧きあがる。
屍を越えて進撃する
軍勢のやうに
白い鬚や劍をふりかざし
あとからあとから打ち寄せてくる波頭。
内地、朝鮮の津々浦々まで
その宿願は
瀰満々して搖れ止むときなく
天が下はことごとく
雄渾な日ばかりとなつた。

作品第六

ざわめき過ぎた
短い夏の不羈からはすでに遠く
寒ければ寒いなりで
たゞもう青くずつしりと
幾億萬年の沈澱物の上に
硫酸銅のやうにゆらぎもみせぬ。
その不死の面が放つ
北緯四〇度の凄々たるひか！

作品第七

石ころの多い峠路で
ひとゝころ青く塗つてゐるのは
遲生えの雑草か。
冬を越す苔類か。

네가 보지 못한 무엇인가에 억눌려
나의 가슴 속에
소리 낼 수 없는 탄식이 솟아오른다
주검을 넘어서 진격한다
군인의 세력처럼
백발이나 검을 머리위로 쳐들고
계속해서 밀려오는 파도
내지, 조선의 솟구치는 포구까지
그 숙원은
가득 차 흔들리고 그치는 것 없이
하늘 밑은 모두다
웅대하고 거침없는 날들이 되었다

작품 6

웅성거리며 지났다
짧은 여름에 얽매이지 않고 벌써 멀어져
추우면 추운대로
단지 벌써 파랗고 묵직하게
수억만 년의 침전물 위에
황산동처럼 흔들림도 보이지 않는다
그 불사(不死)의 가면이 벗어진다
북위 40도의 엄청난 빛

작품 7

돌멩이 많은 고갯길에서
한 곳이 파랗게 칠해진 것은
때늦은 잡초일까
겨울을 넘긴 이끼류인가

冷えた岩肌のかげりと
一本の磯馴松の雄勁な對照に
何か男子の心情にかよふものがあつた。
遠くに音をたてぬ無邊の海が在り
冬の入日は
好んで温かい色帶を照らしてゐるかに見えた。
それもひとつひとつ薄れては逝つたが……
しかしほんとうは
それらはどうでもよいことだつた。
太陽とは反對の方向に
みづからの光と散らしながら飛び去つた重爆編隊機の
ながい時間を轉瞬のとゞろきに短めたやうな
神話の鳥めいた飛翔のあとを
おれはいつまでも尋ねあぐんだ。
昏れ終つた大虚の下で。

作品第八

あたり一面の
葦原で
海と河とのけじめがつかない。
陽がうすれてゆくと
どこからともなく白衣の人達が堤防に集つて
星や燈臺の灯に憩ひ出す。
葦切や
鷗や
河鹿が鳴き交ひ
聲につられて
鹽水の魚が集つて來る。

얼은 바위 표면의 어두운 그늘과
줄기가 낮게 휜 소나무 한그루 씩씩하고 힘차 대조적으로
무엇인가 남자의 심정과 통하는 것이 있다
멀리 소리 없고 끝닿은 데 없는 바다가 있고
겨울 일몰은
곧잘 따뜻한 색띠로 비추고 있는 듯이 보였다
그것도 하나하나 희미해져 갔지만……
그러나 정말로
그것들은 아무래도 좋았다
태양과는 반대 방향으로
스스로 빛을 내면서 날아가 버린 중폭편대기의
긴 시간을 순간의 고동소리에 단축시킨 듯이
신화의 새처럼 날개 흔적을
나는 언제까지나 물어보다 지쳤다
황혼이 진 허공아래서

작품 8

근처일면의
갈대밭에서
바다와 강의 구별이 되지 않는다
해가 희미해져 가면
어디부터라고 할 것 없이 백의의 사람들이 제방에 모여서
달이나 등대의 빛에 쉰다
개개비나
갈매기
개구리가 서로 울고
소리에 이끌려
바닷물의 생선이 모여든다

みどりの潮を照らす燈臺の
白と赤とのひかりの帯で
一途に數へることを學んだわたしの四歳。
潮が月にひかれることを
驚異のこ丶ろで知った十歳。
夜の際に喰ひ入つて
一匹の蟬の音が
漣の音を消し去るやうに
死者へのふかい歎きに
日本海の潮鳴りが無限の底に吸ひこまれてしまひ
無量の星の言葉が耳近く囁やいた二十歳。
……
白と赤の燈臺は
いまもかはらず點滅し
おれは三歳の吾子に指さしながら
あの遠い燈臺に未來の數と教へこむ。
一、二、三、四……

作品第九

たちところに數千年がすぎていつた。
いまめざめたばかりのやうに
原始さながらの色を秘めた。日本海。
潮は青くみが丶れ
柔かな砂原に
吾子を放つと
吾子はいつさんに
海を背に炎えるかげろうにぶつかつてゆき
魚みたいだと言ふ。

초록색 바닷물을 비추는 등대의
하얗고 붉은 빛 띠로
오로지 셈하는 것을 배운 나의 네 살
바닷물이 달에 이끌려가는 것을
경이의 마음으로 안 것은 열 살
밤의 가장자리를 파고들어가는
한 마리의 매미 소리가
잔물결 소리를 지우고 사라지듯
사자(死者)에 대한 깊은 탄식에
일본해의 파도소리가 무한한 바닥으로 빨려 들어가
무량한 별의 이야기를 귓가에 속삭이던 스무 살
………
하얗고 빨간 등대는
지금도 변함없이 점멸하고
나는 세 살의 내 자식에게 손짓하면서
저 먼 등대에 미래의 숫자라고 가르쳐준다
일, 이, 삼, 사………

작품 9

멈춰있는 곳에 수천 년이 지나간다
지금 막 눈 뜬 듯이
원시가 한창인 색을 숨겼다. 일본해
바닷물은 파랗게 빛을 내고
푹신한 모래판에
내 자식을 놓아두니
내 자식은 웃으며
바다를 등지고 타오르는 아지랑이에 부딪혀가는
물고기 같다고 말한다

うつくしいうたこゑは
むかしのま、
すこしも汚がされもせず
吾子に享け繼がれた！
（わたしの夢は大半終へた。）
このうへは
いかにして國に殉がふべきか
そのおもひのみが心に音高く調べ立てられる。
この放我のうつくしさ。
海に浮ぶ軍艦の
見えぬ重い錨のやうに
息をひそめた靜謐のためにこそ
わたしは大きく生きられるのだ。

아름다운 목소리는
옛날 그대로
조금도 더럽혀지지 않았다
내 자식에게 이어졌다!
(나의 꿈은 대부분 끝났다)
이렇게 된 바에는
어떻게 해서 나라에 순국할 것인가
그 생각만이 마음속에 소리높이 찾는다
놓아버린 자신의 아름다움
바다에 떠오르는 군함의
보이지 않는 무거운 닻과 같이
숨을 죽이고 깊은 평온을 위해서야말로
나는 넓게 살아갈 수 있는 것이다

『一九四五年 二月號』

1945. 2

動員學徒と共に

杉本長夫

働く學徒

働く學徒　われらの學徒は
すつかりこの工場の住人になつてしまつた
七月から私のみて來た彼等の課題は
日々に大きく烈しさを增し
學徒の努力は
岩礁につき當る波濤のやうに
繰返し繰返し渾身の飛沫を擧げてきた
噴き上る青春の情熱をそゝいで
見る者に深い思索の泉となつた
花月をよそに
行きも歸りも衆星をいたゞき
信ずる者の忍耐と感喜の歌をもつて
鳴動する仕事場に立ちつゞけた
千貫の重きをほこる工作機械も
すでに彼等の意のまゝとなり
そのまつたき統御に服して動く
働く學徒　われらの學徒は
すつかり工場の住人になつてしまつた

一つの使命

巨大なる世紀の創造者
日のもとの神々の戰ふ手に
兵器をさゝげるのは君たち

동원학도와 함께

일하는 학도

일하는 학도 우리들 학도는
완전히 이 공장의 주인이 되고 말았다
7월부터 내가 봐온 그들의 과제는
매일 크게 열기를 더해
학도의 노력은
암초에 부딪히는 파도처럼
반복하고 반복해서 온몸이 물보라를 치고 있다
내뿜은 청춘의 정열을 부어
보는 자에게 깊은 사색의 샘이 되었다
꽃과 달을 아랑곳하지 않고
가는 것도 돌아가는 것도 별을 머리에 인 시간
믿는 자의 인내와 감격의 기쁨의 노래를 가지고
큰소리를 내며 움직이는 현장에 계속 선다
천관의 무게를 자랑하는 공작기계도
이미 그들의 뜻대로 되고
완벽하게 마음대로 굴복해 움직인다
일하는 학도 우리들 학도는
완전히 공장의 주인이 되고 말았다

하나의 사명

거대한 세기의 창조자
해의 근원인 신들의 싸우는 손에
병기를 들게 하는 것은 너희들

一切の邪惡を光のやうに拂ひ清め
東亞に新生の息吹をもたらすために
君たちは營門までの貴い月日を
美しく強く熱意の勤勞で充實する
工場もまたすさまじいちからの坩堝
工場こそ若いよろこびの脈うつ母胎
ペンを持つて紙に字を埋めた白い手が
今では油と汗で眞黑となり遲しくなり
一念日々に凝つて君たちは兵器をつくる

日溜り

冬の日の午後
五つ六つの男の子等が
工場の塀の日溜りで
日なたぼつこをしてゐる
圓くかたまつて
日向ぼつこをしてゐる
着ぶくれのしたからだを
御互にすり寄せながら
ふところ手をして
日なたぼつこをしてゐる
誰かゞ小聲で歌をうたふと
皆がそれに唱和した
すかんぼのやうな顔に陽が濡れてゐる
可愛いゝ口で調子づいて歌つてゐた
遠くはなれてひと風ごとに聲が埋れた
仲のよい子　男の子
すくすくと早く立派になつてくれ

일절의 사악을 빛처럼 떨쳐 맑게 하고
동아에 신생의 호흡을 가져오기 위해
너희들은 병영 문까지의 귀한 세월을
아름답고 강하게 열의의 노동으로 충실하고 있다
공장도 또한 굉장한 힘의 도가니
공장이야말로 젊은 기쁨의 맥박이 뛰는 모태
펜을 쥐고 종이에 글을 채우는 하얀 손이
지금은 기름과 땀으로 새까맣게 되어 용감하게 되고
일념으로 매일 응축해서 너희들은 병기를 만든다

양지

겨울날 오후
다섯 여섯의 남자 아이들이
공장 담의 양지에서
햇볕을 쬐고 있다
둥그렇게 모여서
햇볕을 쬐고 있다
옷을 많이 껴입어 뚱뚱한 몸을
서로 기대고서
품에 손을 넣고
햇볕을 쬐고 있다
누군가가 작은 소리로 노래를 부르자
모두들 그것에 맞추어 노래했다
수영처럼 얼굴에 해가 드리워져있다
귀여운 입으로 박자를 맞추어 노래하고 있다
멀리 떨어져서 하나의 바람소리처럼 소리가 잠겼다
사이좋은 아이들 남자아이들
쑥쑥 빨리 훌륭하게 자라다오

工場

工場は機械のジヤングル地帯で
帶條はその葛蔓
旋盤　フライス　鳴動する巖
送風機から流れ出る熱風
交響樂のやうに幾百千の音樂
鐵をけづり鐵をまげ
鋸をひいて組立てられる
小さな大きな兵器の部分品が
このジヤングル地帯で
人と工作機の共力のうちから
數かぎりなく生れてくる
人々は機械のジヤングルに姿をひそめ
不思議な音響の枝葉をくゞり
赤心を肉體に充塡しぢからをさゝげる
帶條は大切な葛蔓
工場は機械のジヤングル地帯で

この道

私は再びこの道をかへつて來た
吹きすますかぜに
銀の扇をかざしてゐた
薄の原はあともなく消え
しようじようたる冬の風景にかへつてゐた
深い空のみどりが
赭い山山の峽間によどみ
木々はするどくみがかれて
動かうともせぬ
日ぐれ近く陽はあかく

공장

공장은 기계의 정글지대로
벨트는 그 칡덩굴
선반 프레스 요동하는 큰 반석
송풍기에서 흘러나오는 열풍
교향악처럼 수백천의 음악
철을 깎거나 철을 구부려
톱으로 잘라 세운다
작거나 커다란 병기의 부품이
이 정글지대에서
사람과 공작기의 공력으로
수많은 것이 태어난다
사람들은 기계 정글에 모습을 감추고
이상한 음향의 가지와 잎들을 빠져나와
붉은 마음을 육체에 충전해 힘을 쏟아 붓는다
벨트는 중요한 칡덩굴
공장은 기계의 정글지대로

이 길

나는 다시 이 길을 돌아왔다
완전히 불어오는 바람에
은 부채를 장식하고 있다
희미한 들판은 흔적도 없이 사라지고
소슬한 겨울 풍경으로 바뀌어있다
진한 하늘 초록색이
붉은 산들의 협곡에 막히어
나무들은 날카롭게 닦여
움직이려지도 않고
해질 무렵 가까이 해는 빨갛고

第三生徒舍と書かれた
標柱もまたなつかしい
炊事當番集合！
動員學徒の呼聲がする

夢

暗い夢の中の波頭をけつて
私を迎へにきた白い馬
私のまづしい家の前で
蹄をならし高く高くいなないた
白い馬のはいけいでは
潮騒がそうそうとなりひゞき
不思議に強い海風が
熱つぽい私のこゝろをせきたてた
出發だ　たゝかひの海へ
甘美な夢から立ちあがれ
おまへの虚勢をあざ笑へ
暗い夢のなかの白い馬は
神々しいひかりを巻いて
私の驚きをあとに
暗い海にたゞ眞一文字に
奔走のしぶきをあげてゐた

眠

どの扉もひつそりしてゐる
時間交代の不寝番だけが起きてゐる
私が通ると
ねむたげに敬禮をする
ペチカの蓋をあけてみる

제3생도 기숙사라고 적혀있다
표찰도 또한 그립다
취사당번 집합!
동원 학도가 환호성을 한다

꿈

어두운 꿈속 파도를 차고
나를 마중 나온 백마
나의 초라한 집 앞에
발굽소리를 울리며 높이 높이 울었다
백마의 배경에는
밀물파도소리가 철썩철썩 울려 퍼지고
이상하게 강한 해풍이
뜨거워진 듯 한 나의 마음을 재촉하였다
출발이다 전투의 바다에
감미로운 꿈에서 일어나
너의 허세를 비웃어라
어두운 꿈속의 하얀 백마는
숭고한 빛을 감고
나의 놀랜 흔적에
어두운 바다로 단지 일직선으로
분주히 물보라를 치고 있다

잠

어떤 문도 쥐죽은 듯 조용하다
시간 교대의 불침번만이 깨어있다
내가 지나가자
졸린 듯 한 경례를 한다
페치카 뚜껑을 열어본다

熖がにぎやかに躍つてゐる
私はこつこつ引返へす
どの扉もひつそりとして眠つてゐる

寂寥

ふと目がさめて
しづけさに倚り添つて
眞晝時の噪音の後で
夢のやうに遠くはなれて
ひとりしづけさに倚り添つて
陶然と煙のやうな
寂寥を味つてゐる

朝禮のとき

らつぱの音
床をけつてたつ
着替へをし小便をして
外へとびだす
學徒等もはじけたやうに
とびだしてくる
不寢番の星々を仰ぎ
廣い運動場でいつもの朝禮
式のあとは　駈足　駈足
人間の黒い絨緞が一齊に動きはじめる

宿舎の窓から

寒冷の大氣をきつて高く遠く
今日も宿舎の上を
渡り鳥がゆく二群三群

불꽃이 요란하게 춤추고 있다
나는 뚜벅뚜벅 되돌아간다
어떤 문도 쥐죽은 듯 잠들어있다

적요

문득 잠에서 깨어
침묵에 기대어
한낮 때의 소음(噪音) 후에
꿈처럼 멀리 떨어져
홀로 침묵에 기대어
도취되어 연기같은
적막을 맛보고 있다

조례 때

나팔소리
마루를 차고 일어나
옷을 갈아입고 소변을 보고
밖으로 뛰어나간다
학도들도 터지듯이
뛰어나온다
불침번이 별들을 올려다보고
넓은 운동장에서는 평소의 조례
식이 끝난 후에는 구보 구보다
인간의 검은 융단이 일제히 움직이기 시작한다

숙사의 창에서

한랭의 대기를 가르고 높이 멀리
오늘도 숙사 위를
철새가 날아간다 두 무리 세 무리

くの字形の編隊で
クウイクウイと鳴きながら
渡り鳥の群がゆく
碧い空に吸はれてゆく
二羽三羽後れてゐるよろけてゐる
何處までゆくのか
ついてゆけるか
工場の高い煙突に
とまつて休んでゆけばよい

機械

鐵が鐵を切る
たえまなく左右に動いて
切つてゐるやうに思へないが
鐵にくひこむ白い鐵粉を撒きちらす
それは不動の意思のごとく
こきざみに餘念なく動いてゐる
これしきと思ふやつでも
手に負へぬと思ふやつでも
同じ調子で仕事にかゝり
不氣味な重いかけ聲で
切り切つてゆく
見えないちから不屈のあゆみ
學徒がそれと取り組んでゐる

V자형 편대로
끼룩끼룩하고 울면서
철새 무리가 간다
파란 하늘에 빨려간다
두 마리 세 마리 뒤쳐져 있다 비틀거린다
어디까지 가는 걸까?
따라갈 수 있을까?
공장의 높은 굴뚝에
멈추어 쉬어가면 좋을 텐데

                          기계

철이 철을 자른다
끊임없이 좌우로 움직여
자르고 있는 듯이 생각되진 않지만
철에 파들어가 하얀 쇳가루를 흩뿌린다
그것은 부동의 의지와 같이
잘게 써는 것에 여념이 없이 움직이고 있다
손쉽다고 생각하는 녀석들도
어렵다고 생각되는 것들도
같은 상태로 일에 매달려
기분 나쁜 무거운 소리로
자르고 잘라간다
보이지 않는 힘 불굴의 걸음
학도가 그것들과 씨름하고 있다

水車

松原康郎

或る村はづれで
僕はアメリカ機に體當りしてゆく我が戰鬪機を見た
それは滴機にぶつかり
落ちゆく滴機を見屆けて
靜かに棉の如き雲を曳いて消えて行つた
それはとへば當士山頂の雪の如く淸く
天帝の怒りの如く烈しかつた
それはほんの一瞬の出來事だつた
僕は欷くことも忘れて
その最後の一輪の雲まで見屆けた
そして眼を落すと
僕の足許で水車が廻つてゐた
水車はゴトゴトとぎごちない音を立て、
日本の渓流を刻んでゐた
渓流流れて息まず
この水車なほ亦動くを止めず
恐らく日本の最後の土の消ゆる日まで續くだらうことを思ふと
沸々と胸裡につかへて來るのがあつた
日本、悠久に美しく
この流、とこしへに續くのだらう
僕は水車の上に一二滴瞬刻の命の涙を湛へた
水車はそれをも乘せて廻つてゐた

수차

어떤 마을 외딴곳에서
나는 아메리카기에 몸을 내던지는 우리 전투기를 보았다
그것은 적기에 부딪쳐
떨어져가는 적기를 보내고
조용히 목화처럼 구름을 끌고 사라져 갔다
그것은 후지산 정상의 눈처럼 깨끗하게
천제(天帝)의 분노처럼 세찼다
그것은 한순간의 일이었다
나는 우는 것도 잊어버리고
그 최후의 하나의 구름까지 끝까지 지켜보았다
그리고 눈을 떨구니
나의 발밑에 수차가 돌고 있었다
수차는 삐걱삐걱하고 딱딱한 소리를 내고
일본의 계류를 새기고 있다
계류 쉬지 않고 흘러
이 수차는 더욱 움직이는 것을 멈추지 않고
아마 일본의 최후의 땅이 사라지는 날까지 이어질 것을 생각
하니
부글부글 가슴속에 차오르는 것이 있다
일본, 유구하게 아름답고
이 흐름, 영원히 이어지겠지
나는 수차 위에 한두 방울 순간의 생명의 눈물을 띄웠다
수차는 그것도 태워서 돌아가고 있다

『一九四五年 三月號』

1945. 3

海兵團點描

大島修

點描

海近く
そこら兵舎が立ち竝んでゐる
三方蒼々たる山岳にかくまれた
この南の村に
幾千の少年たちは
遠洋の夢に明け暮れてゐるのだ
激しい訓練の日々を經て
少年たちの白い帽子の上には
錨が重く輝いてゐる
波高いいくさのさなかに
少年たちは榮華を望まない
さまざまの美しい雜念を忘れて
少年たちはやがて壯途に就くであらう
郷愁と憧憬の航路もとほく
少年たちは靜かに笑ひさゞめく。

幼年のうた

われは海の子白波の
あのとほくなつかしいしらべが
よみがへつてくる
初夏の麗な日

해병단 점묘

점묘

바다 가까이
그쪽에 병영이 나란히 서있다
세 방면 푸르고 푸른 산악에 숨겨져 있다
그 남쪽 마을에
수천의 소년들은
먼 바다의 꿈에 세월을 보내고 있다
격한 훈련의 날들을 보내고
소년들의 하얀 모자 위에는
닻장식이 무겁게 반짝이고 있다
높은 파도 전투가 한창인 속에
소년들은 영화를 바라지 않는다
각각의 아름다운 잡념을 잊고
소년들은 드디어 장대한 길을 가게 되겠지
향수와 동경의 항로도 멀고
소년들은 조용히 웃으며 웅성거린다

유년의 노래

우리는 바다의 자식 하얀 파도
저 멀리 그리운 가락이
되살아난다
초여름의 아름다운 날

それは寂しい南の漁村
ふるさとの小學校の古びた教室でおぼえた
あのしらべが
今海兵團のひろい營庭に
潮騒の音と共によみがへつてくるのだ
幾千の少年たち
赤銅さながらの裸像の群
きびしい現實の荒波に
僕は何故だらう
あらぬ感慨に胸を躍らせ
ふるいふるい幼年のうたを想ふ
この海のはたてはいづこであらう
はらからの血に染まる太平洋は
ずつとはるかだ
かつて、冒險と夢に抱かれた幼年のうたは
いままさに曠古の試練に遭遇した
渦巻く荒波の最中に
僕は海兵團のひろい營庭にそんで
いよいよ切なくなつかしく
あれは海の子白波の
あのとほいかつて幼年の日のうたを吟んでみるのだ

短艇訓練

海原を越えて行かうよ
濃藍の渦巻くかなたへ
若人の意氣と試練の
しぶき散る波濤の上を

그것은 쓸쓸한 남쪽의 어촌
고향 소학교의 오래된 교실에서 배운
그 가락이
지금 해병단의 넓은 병영에
파도소리와 함께 되살아난 것이다
수천의 소년들
적동색 몸들
어려운 현실의 사나운 파도에
나는 왜일까
관계없는 감격에 가슴이 뛰고
옛날 그 옛날 유년의 노래를 생각한다
이 바다 끝은 어디일까?
동족의 피에 물든 태평양은
훨씬 멀다
옛날부터 모험과 꿈에 싸여있던 유년의 노래는
지금 정말로 횡고(曠古)의 시련을 만났다
소용돌이치는 험난한 파도가 한창인 속에
나는 해병단의 넓은 병영마당에 멈추어 서서
드디어 가슴 아프고 그리워
우리는 바다의 자식 하얀 파도
그 멀고 먼 유년 때의 노래를 읊조리고 있는 것이다

보트 훈련

해변을 넘어 가자
짙은 감색의 소용돌이 저편에
젊은이의 의기와 시련의
비바람 치는 파도 위를

見遙かす彼岸の空に
ひむがしの雲湧くところ
　　　　　○

鷗も飛ばない
沖とほく
短艇を漕ぎゆく
白きセーラー服が搖れ動くたびに
兩舷のながい櫓が
羽搏くやうに滑つてゆく

棒倒し
流儀はどうあつても構はない
推理も判斷も無用だ
おお、執拗に
蟻のやうに群がる襲來を見よ
棒を倒せ
棒を倒せ
殺戮と制覇の競ふ、
若人の闘魂を燃せ

海軍體操
さんさんと降りそゝぐ太陽の光に
眩しく躍る若人の裸像をみたまへ
ひとしく縱橫に整列した
赤銅の肌をみたまへ
さながらの圓轉自在
流れるやうなリズムをみたまへ

보이는 저쪽 벼랑의 하늘
동쪽 구름 솟아나는 곳
              ○

갈매기도 날지 않는다
앞바다 멀고
보트를 저어간다
하얀 세일러복이 흔들려 움직일 때마다
양 현의 긴 노가
날개 치듯이 미끄러져 간다

봉 쓰러뜨리기
유의(流儀)는 어떻게 해도 울타리가 없다
추리도 판단도 쓸모없다
오오-집요하게
개미처럼 무리지어 습격해오는 것을 보라
봉을 쓰러뜨려라
봉을 쓰러뜨려
살육과 제패를 경쟁한다
젊은이의 투혼을 불태워라

해군체조
쨍쨍 내리쬐는 태양 빛에
눈이 부시게 뛰는 젊은이의 나체를 보라
동일하게 종횡으로 정열한
적동색 몸을 보라
그 속에서 -자유롭게 원을 도는
물 흐르는 듯 한 리듬을 보라

○
波の音がきこえるよ
白い飛沫が笑つてゐるよ
たもとほる風のまにまに
ボートがとほく搖れてゐるよ
海原へ
今し飛び込まんとする海の兵
汀に集る海の若人

白飯
まらうどのおとなひしとて
けふは白き飯あり
牛肉や菜のたぐひ
あまたなる珍味は満てり
カロリーの兎や角知らねど
食卓に漲る笑顔
舌鼓打ちて鳴らせよ
豊かなるけふの饗宴ぞ
げにやよしまれなる人よ
げにやよし白き飯

釣床
潮の香にみちたハンモツクのなかでは
おのがじし搖籃の想ひ出に誘はれる
一日のあわたゞしい日課がすむと
艦内にはすつかり燈も消えた
「白木の箱で歸つても
決して涙は見せません」

○

파도소리가 들리는구나
하얀 포말이 웃고 있구나
뜰채도 지나갈 바람 사이로
보트가 멀리 흔들리고 있구나
넓은 대양에
지금 뛰어들 듯 한 바다의 병사
물가로 모여드는 해변의 젊은이

백반

방문객의 찾아온다고
오늘은 하얀 밥을 하고
소고기나 야채 종류
허다한 진미는 가득차고
칼로리는 어쩔런지 잘 몰라도
식탁에 넘치는 웃음
입맛을 쩝쩝 다시는 구나
풍요로운 오늘 만찬이여
정말로 좋은 귀한 사람이여
정말로 좋은 하얀 밥

그물 침대

바다향기 가득한 그물침대 안에서는
각자 뜻대로 요람의 추억에 유혹 당한다
하루의 바쁜 일과가 끝나고
함내에 완전히 빛이 사라졌다
"다듬어놓은 상자(관속에 담겨)로 돌아와도
결코 눈물은 보이지 않는다"

いたいけな妹の激勵の便り
暗闇の虚空に浮ぶ
ふるさとの父や母
ひしひしと迫る靜ひつで
せんちめんたるな少年の興奮も沈んで
しほざるのやうに鄕愁がわく

軍艦旗

風が流れる
海原をわたつて曉闇のしゞまに
軍艦旗が風にはためく
この營庭に集まる數千の海兵たち
日の出づるところ拜み
けふもまた軍艦旗の下
大君の邊にこそ死なめと
いともおごそかに
しづかにうたふ「海ゆかば」
ありとあらゆる懷疑を捨てゝ
悲哀もなく
處榮もなく
さわやかな大氣のなかに
たゆたひ響く「海ゆかば」

귀여운 여동생의 격려의 편지
암흑의 허공에 떠오른다
고향의 아버지나 어머니
점점 다가오는 고요에서
센치멘탈의 소년의 흥분도 가라앉고
밀물소리처럼 향수가 솟아오른다

군정기

바람이 분다
넓은 바다를 건너 황혼어둠의 정적에
군함 깃발이 바람에 나부낀다
이 병영 마당에 모여든 수천의 병사들
해가 나오는 곳을 향해 배례하고
오늘도 또한 군함 깃발 아래
천황의 곁이야 말로 죽을 곳이라고
매우 엄숙하게
조용하게 노래한다 "바다에 가면"
온갖 회의를 버리고
비애도 없고
허영도 없이
상쾌한 대기 속에
동요의 울림 "바다에 가면"

『一九四五年 五月號』

1945. 5

石膓集

川端周三

歸郷
−佐藤淸氏に−

粗い日が
天ふかくしづみ
寒氣ははらわたにしみこんで
一秒の手もゆるめない。
朝鮮の蟄居はそのときからはぢまつた。
あれから數千年。
この寒冷に美を意識した創めての詩人。
風土への榮ある歸郷よ。
わたしは今冷たい場所を過ぎり
その歌にしのびこんだ寒氣を嗅ぐ。
なにか戀闕の心に似て
つんと鼻をつき泪ぐませる寒氣の香。
たとひせゝらぎの音にとほく
草の根は匂はずとも
岩石も阻み得ぬこのはげしさが
わかいこゝろを搖さぶらぬ筈がない
あゝ、朝鮮のわかい人。
一すぢに祖國につながる心の窮み。
その純粹にみまもられてわたしは歌ふ。
散る花びらの美しさも
あの巨大な瞬間も
この寒冷のなかにはぐゝまれた！

석장집

귀향

좋지 않은 날이
하늘 깊숙이 잠겨
한기는 속까지 스며들어
일초의 손도 느긋하게 있지 못한다
조선의 칩거는 그때부터 시작되었다
그로부터 수천 년
그 한랭에 미를 의식한 처음의 시인
풍토에의 영광스런 귀향이여
나는 지금 차가운 곳을 지나
그 노래에 숨겨있는 한기를 맡는다
무엇인가 심혈의 마음을 닮아
찡하게 코를 찌르는 눈물을 머금게 하는 한기의 향기
예를 들어 작은 시냇물 소리와 상관없는
풀뿌리는 향내를 내지 않지만
바위도 막지 못하는 이 격렬함이
젊은 마음을 뒤흔들지 않을 리 없다
아아—조선의 젊은이
오로지 조국과 연결된 마음의 끝
그 순수에 싸여 나는 노래한다
지는 꽃잎의 아름다움도
그 거대한 순간도
이 한랭 속에서 품어졌다

反響
-大島修氏に-

一と冬を
照りとほした寒天。
ちらばつた音をあつめ
すひこみ
あをくするどく磨き出された
この鍛接の美よ。
それが空中微塵の
反射作用だと
さかしらな事は言はない。
埋もれた白晝の群星や
時空にたゞよううすむらさきの
靈感の確認！
聲をあぐれば
そのまゝ痛いといふ言葉がはねかへつて來そうだ。
そんな試練を經た言葉で
詩が書きたい。

静かな午前
-則武三雄氏に-

三ヶ月もつゞいた旱天。
微塵いよいよ濃ゆく
寒氣は青く照りつけて
染まるばかり……
寒氣ふかく分けいつて

반향

한 겨울을
끝까지 비춘 추운 하늘
흩어진 소리를 모아
들이마시고
파랗게 예리하게 연마되어졌다
이런 접합의 아름다움이여
이것이 공중의 티끌 같은
반사작용이라고
아는 체 말하지 않는다
파묻힌 한 낮의 별들이나
시공에 떠도는 옅은 보라색의
영감(靈感)의 확인!
소리를 높이면
그대로 아프다는 말이 돌아올 듯하다
그런 시련을 거친 말로
시를 적고 싶다

조용한 오전

삼 개월이나 계속된 한천
드디어 먼지 진해져
한기는 파랗게 내리 쬐이고
물들기만 할뿐…
한기 깊숙이 헤치고 들어가

(聲透り息づきうつくしく)
何のこ丶をがわたしを樂ますのか
宇宙をとりいれた
千年の構成に
今更ながら日本の美を發見し
たちのぼる松の匂ひにせいせいする。
いままで聲を持たなかつたものに語りかけられ
わたしは一行の光る詩句にも出くはさなかつたが
こ丶ろは豊かにみが丶れて戻るのだ。

荒鷲

かつて經驗したことのない
炎暑の中で
熱帯樹が自然の天蓋をなしてゐる。
それを綴つて百鳥が
香地のやうに囀づつてゐる。
神鷲たちはさゞめきながら集ひ
打ち興じて
別盃。
光線のやうなとゞろきをあとにのこし
天の運行に沒するごとく
翼は須兒に消え去つた。
身を滅して應へる
神へのかへりごとのかしこさ。
時空萬里。
神韻をふくんだ幾千年のあとも
日本の空は
桔梗色にふかく晴れあがつてゐるだらう。

(목소리 맑고 숨소리 아름답고)
어떤 마음이 나를 즐겁게 하는 것일까
우주를 걸어 들인
천년의 구성에
지금에 와서 일본의 미를 발견하고
피어오르는 소나무의 향내가 상쾌하다
지금까지 소리를 갖지 않았던 것에 말을 걸어와
나는 한행의 빛나는 시구에도 맞닥뜨려지지 않았지만
마음은 풍요롭게 연마되어 돌아오는 것이다

전투기

일찍이 경험한적 없다
혹서 안에서
열대나무가 자연의 하늘 덮개를 이루고 있다
그것을 잇대어 온갖 새들이
향기로운 땅처럼 지저귀고 있다
신의 전투기들은 웅성거리며 모여들어
물리쳐 즐거워하고
이별의 잔
광선과 같은 굉음을 남기고
하늘 운행에 사라지듯이
날개는 잠시 사라져갔다
몸으로 보답한다
신에게 돌아가는 황송함
시공만리
신비하고 고상한 운치를 담은 수천 년의 흔적도
일본의 하늘은
도라지 색으로 높이 맑아있겠지

そのとき
日本のこゝろは
この神ながらの火つぎのさまを
どんな言霊にとらへるだらうか。
われわれが
初發のくらげなす海をうたひ
富士の噴煙にあこがれたごとく
國造る神鷲のこゝろのたかぶりを
どんな行為で示すだらうか。

雪降る
-佐藤大尉に-

限度を越えた寒さが
三ヶ月も照りつけたあと
二日二夜のもの凄い雪だ。
朝鮮の氣象はとかく烈しい。
このはげしさにつけても
思ひ出すのは
南方轉戰する君や
この地から巣立つた
あまたの學徒や志願兵のこゝろ根だ。
季節をこえて
君たちとをつなぐ純粋な空間
君たちを祈ることは
ありありと僕の所在を示すことだ。
時間はもはや
なめらかに流れるものとばかりは思はない。

그때
일본의 마음은
이런 신의 황위의(해를 뒤따르는) 모습을
어떤 말의 혼령으로 취할 수 있을까?
우리들이
처음 출발의 해파리가 될 바다를 노래하고
후지의 분화기둥을 동경하듯이
나라를 창조하는 비행사 마음의 흥분을
어떤 행위로 나타낼 수 있을까

눈이 내린다
-사토 대위에게-

한도를 넘는 추위가
삼 개월이나 내리 쬐인 후
이틀 낮 밤 굉장한 눈이다
조선의 기상은 어딘가 극심하다
이렇게 극심하다 보니
생각나는 것은
남쪽 지방으로 전전하는 너
이 땅에서 보금자리를 떠났다
많은 학도들이나 지원병 마음의 뿌리다
계절을 넘어
너희들과 연결되는 순수한 공간
너희들을 위해 기도하는 것은
역력히 나의 소재를 나타내는 것이다
시간은 어느새
순조롭게 흘러가는 것이라고만 생각되진 않는다

僕達の激情や
憤りや、深い語らひの中で静かに停まり
飛び交ふベルトや
灼ける鋼の匂ひの中で
速やかに流れる！
今天地をこめるもうもうの雪片、
このきびしい天象がゑがく餘白に
聲のないむらがる言葉で
僕は歌の根のかぎり
風土のはげしさをたゝへ
嚴肅な海の匂ひをこめるのだ。

初雪

遮光傘の陰に
繼ぎ貼りしたばかりの障子が白く浮き
空氣はいやに冷え切つて
外の音を傳へない。
聽き分けよく眠つた二人の子の
甘やかな寝息をきいてゐると
わたしたちに滯つたものが
あそこで静かに流れてゐるのが解る。
こんなおだやかな晩は
勃々と
いのちの生育が感じられ
書物なぞ死物に過ぎなく思はれる。
潮に似た満干はあつても
享け繼いで寄せ熄まぬいのちのながれ。

우리들의 격정(激情)이나
분노, 깊이 이야기 속에 조용히 멈추어
뒤섞여 튀는 벨트나
타는 강철 향기 속에
재빠르게 흐른다!
지금 천지를 채운 몽롱한 눈송이
이 사나운 기상이 그리는 여백에
소리 없이 군집하는 말로
나는 노래의 끝닿는데 까지
풍토의 격렬함을 칭송하고
엄숙한 매화의 향기를 담는 것이다

첫눈

빛을 막는 양산 그늘에
막 붙인 장지가 하얗게 들떠
공기는 이상하게 완전히 차가워져
밖의 소리를 전하지 않는다
말귀를 잘 알아듣는 잠든 두 아이
달콤한 숨소리를 듣고 있으니
우리들에게 밀린 것인지
저쪽에서 조용히 흘러가 있는 것을 알았다
이런 평온한 밤은
세차게
생명의 생육이 느껴져
서책 같은 것은 죽은 물건에 지나지 않는다고 생각된다
바닷물을 닮은 차감은 있지만
이어져 쉬지 않는 생명의 흐름

歴史の見えぬ糸すぢとは
嚴肅で温かい
こんなものではなからうか。
おろかなわたしの反問に
-雪ですよ
裏木戸を締めに下りた家妻の
童さびたかん高い聲が
天の異變を
かう告げた！

奏樂

今日ほどうつくしく
歴史の生きてゐるときはない。
われわれの後ろに霧ろひたなびく
あまたの魂魄たち。
死をもつて綴られた言靈が
われわれのこゝろに呼びかける。
聖武
金剛
菊水
敷島
大御心を旨に
どの頁々も三千年の精髄をすぐつて
虚空に飛び立ち舞ひのぼり
みをやのきびしい奏樂の韻
今、天界にみちみつ。

보이지 않는 역사의 연결은
엄숙하고 따뜻하다
이런 것이 아닐까?
바보 같은 나의 반문에
---눈이네요
뒤쪽 쪽문을 닫으려 내려갔던 아내의
아이 같은 높은 목소리가
하늘의 이변을
이렇게 고했다!

주악

오늘만큼 아릅답게
역사가 살아있을 때는 없었다
우리들 뒤에 안개가 깔리고
저 멀리 혼백들
죽음으로 엮은 말의 혼령들이
우리들의 마음에 말을 건다
성스런 무사(聖武)
금강(金剛)
국수(菊水)*
시키시마(敷島: 야마토의 다른 이름; 일본을 의미함, 역자주)
천황의 마음을 취지삼아
어느 페이지나 삼천년의 정수(精髓)를 뽑아서
허공에 날아올라 춤추는
선조들의 힘찬 주악의 울림
지금 천상세계에 충만하다

---

* 국수(菊水): 물 위에 뜬 국화꽃 형상을 말하며 가문의 문양(家紋)의 하나 특히 구스노키
(楠木) 집안의 문양으로 유명함.

北鮮地帯

底ぬけの寒天。
朝鮮のテーブルランドに
巨大な人工の湖面が光つてゐる
本邦最大の發電所。
大森林。
その上の風や雨や雪や嵐。
だがこれらの風景は
限りある目路がとらへたものにすぎぬ。
百七十九萬二千四百七十餘年。
いやもつと多くの時間をすひこみ
夜よりも暗く
もつとふかくみづからを養ふて來たものが
黄金華さくと歌はれた往時さながら
國土危殆のときに
ざくざく堀り出される。
精神のやうに光を發し
磁氣を帯び、電氣を藏し
淡い螢光の次元にひしめく地下資源群。
北鮮地帯を
暗くするほどの物凄い生産機構が
それらを呑みこみ
終日うなりをあげてゐる。
この重壓をはねかへす
轉瞬の機が
つひそこに迫つてゐるのだ。

북조선 지방

한없이 추운 하늘
조선의 대지의
거대한 인공 호수면이 빛나고 있다
우리나라 최대의 발전소
커다란 삼림
그 위의 바람이나 비나 눈이나 태풍
그러나 이러한 풍경은
끝이 보이는 시야에 잡히는 것에 지나지 않는다
백칠십구만 이천사백칠십여년
아니 더욱 긴 시간을 흡수하여
밤보다도 어둡고
더욱 깊이 스스로 키워온 것이지만
황금화(黃金花) 핀다고 노래되었던 지난날 가운데
국토가 위태한 때에
슥삭 슥삭 파내진다
정신처럼 빛을 발하고
자기를 띄고, 전기를 감춰둔
막연한 형광 차원으로 가득 찬 지하자원군
북조선지대를
어둡게 할 정도의 굉장한 생산기구가
이것들을 삼키고
종일 으르렁거리고 있다
이 중압을 물리치는
짧은 순간에 전투기가
바로 거기에 육박해오고 있는 것이다

부록 :

[표1] 「國民文學」의 한국인 詩 목록

순번	작가명	작 품 명	년도	비고	창씨명	비고
1	金圻洙	古譚	1942.01	1월호		
2	金龍濟	東方の神々	1941.11	11월호	木村竜済	
		秋の囁き	1942.11	11월호	金村龍濟	
		宣戦の日に	1942.02	2월호	金村龍濟	東洋之光
		不文の道奈良に憶ふ	1943.11	11월호	金村龍濟	
		天罰の神機	1944.10	10월호	金村龍濟	
		非時香＝田道間守の系譜を想ふ＝	1944.04	4월호	金村龍濟	
		学兵の華ーわが朝鮮出身の光山昌秀上等兵の英霊に捧ぐる詩	1944.07	7월호	金村龍濟	
3	金鍾漢	合唱について	1942.04	4월호		
		園丁	1942.01	1월호		
		待機ー再来・十二月八日	1942.12	12월호		金鐘漢(오자로 추정)
		風俗	1942.06	6월호		
		徴兵の詩ー幼年	1942.07	7월호		
		草莽	1942.07	7월호		金鐘漢(오자로 추정)
		龍飛御天歌	1944.01	신년호		
4	林学洙	自画像	1941.11	11월호		
5	徐廷柱	航空日に	1943.10	10월호		
6	楊明文	富士山に寄す	1943.02	2월호		
7	呂尙玄	孔雀	1942.03	3월호		한글
8	柳致環	首	1942.03	3월호		한글
9	李庸岳	길	1942.03	3월호		한글
10	李庸海	徴兵の詩ー鯉	1942.07	7월호		
11	李燦	子等の遊び	1944.02	2월호		
12	鄭芝溶	異土	1942.02	2월호		한글
13	趙靈出	山水の匂ひ	1944.02	2월호		
14	趙宇植	海に歌ふ	1942.01	1월호		
		家族頌歌	1943.06	6월호		
15	朱永涉	ゴムの歌	1942.10	10월호		
		飛行詩	1943.06	6월호		

16	朱耀翰	手に手を	1941.11	11월호		
		タンギ	1941.11	11월호		
17	본명미상	笛のついて	1942.10	10월호	麥滋	
18	본명미상	ふるさとにて	1942.10	10월호	城山昌樹	
		肖像	1944.02	2월호	城山 豹	
		海邊五章(沖の帆かけ船/空と鴎と/ポンポン蒸気/海鳴り/旅愁)	1943.06	6월호	城山昌樹	
		徴用・詩三編(立志の日に/海邊の村の夕暮/わが痩腕の賦)	1944.11	11월호	城山 豹	
19	본명미상	鴎	1944.07	7월호	新井雲平	
		燈	1944.07	7월호	新井雲平	
		祖母に	1944.07	7월호	新井雲平	
		鉱山地帯	1944.12	12월호	新井雲平	
20	본명미상	ある読書兵	1943.02	2월호	一色豪	

[표 2] 「國民文學」의 일본인 詩 목록

순번	작가명	제목 및 작품 명	년도	호
1	尼ヶ崎豊	魚雷を避けて	1944.08	8월호
		登山者	1942.10	10월호
2	大島修	銃に就いて	1944.02	2월호
		海兵団點描-點描/ 幼年のうた/ 短艇訓練/ 棒倒し/ 海軍体操/ 白飯/ 釣床/ 軍艇旗	1945.03	3월호
3	大内規夫	年頭吟	1942.01	新年號
4	柳虔次郎	若き師の歌へる	1943.02	2월호
		秋のしあはせ	1943.02	2월호
		迎春歌	1943.06	6월호
5	百瀬千尋	英東洋艦隊擊滅の歌	1942.02	2월호
6	寺本喜一	我はみがく大和に通ふ床を	1942.01	新年號
		決意の言葉	1942.12	12월호
7	山部珉太郎	海にそびえる	1943.07	7월호
8	杉本長夫	南進譜	1943.03	3월호
		燈臺	1943.09	9월호
		蔓の生命	1943.09	9월호
		一億憤怒	1944.08	8월호
		動員学徒と共に-働く學徒/ 一つの使命/ 日溜まり/ 工場/ この道/ 夢/ 眼/ 寂寥/ 朝禮のとき/ 宿舎の窓から/ 機械	1945.02	2월호
		決意	1942.12	12월호
		わたつみのうた	1944.05	5월호
		闖入者	1942.08	8월호
		梅の実	1942.02	2월호
		勇士を想ふ	1941.11	創刊號
9	松原康郎	水車	1945.02	2월호
10	安部一郎	日月回帰	1943.02	2월호
		静かな軍港	1943.07	7월호
11	岩本善平	燧石	1943.08	8월호
12	田中初夫	連峰雲	1942.01	新年號
13	井上康文	朝鮮半島	1943.06	6월호
14	佐藤信重	現場のひる	1944.07	7월호

15	佐藤清	雪	1941.11	創刊號
		空	1941.11	創刊號
		玄斎	1941.11	創刊號
		獅港	1942.02	2월호
		曇徴	1943.01	1월호
		帝国海軍	1943.05	5월호
		慧慈	1943.08	8월호
		學徒出陣	1943.12	12월호
		施身聞偈本生図	1944.01	1월호
		捨身飼虎本生図	1944.03	3월호
		二十年近くも	1944.03	3월호
		チサ	1944.08	8월호
16	竹内てるよ	玉順さん	1942.01	新年號
17	中野鈴子	あつき手を挙ぐ	1942.07	7월호
18	楢西貞雄	野にて	1942.04	4월호
19	芝田河千	征ける友に	1943.02	2월호
		君に	1943.08	8월호
20	児玉金吾	神の弟妹	1942.02	2월호
21	川端周三	粉雪	1942.04	4월호
		池田助市挽歌	1942.11	11월호
		潮満つる海にて	1943.03	3월호
		日本海周辺	1943.07	7월호
		碧霊のこゑ	1944.05	5월호
		壮丁百万出陣の歌	1944.10	10월호
		日本海詩集	1945.01	1월호
		鴬の歌	1942.5.6	5,6월호
		乏しい水をめぐつて蛙が和し	1944.07	7월호
		石膓集-歸鄕-佐藤清氏に/ 反響-大島修氏に/ 静かな午前-則武　三雄氏に/ 荒鷲/ 雪降る-佐藤大尉に/ 初雪/ 奏樂/ 北鮮地帶	1945.05	5월호
22	則武三雄	漢江	1943.06	6월호
		海戰	1943.12	12월호
		中隊詩集	1944.09	9월호
		思慕詩篇	1944.05	5월호
		くもと空	1942.10	10월호

23	椎木美代子	折々に		1942.01	新年號
24	添谷武男	大悲願の下に		1944.10	10월호
		たゝかひにしあれば		1943.08	8월호
		すめらみいくさの歌		1944.08	8월호
25	竹中大吉	いのち		1944.08	8월호
26	小川沐雨	サイパン島死守の報とどきて		1944.08	8월호
27	渡邊克己	出生讃		1942.10	10월호

찾 아 보 기

역자소개

사희영 史希英

소속 : 전남대 일문과 강사, 일본근현대문학 전공

대표업적 : ①논문 : 「식민지하 教師養成과 『師範學校修身書』 研究」, 『日本語文學』 제36
집, 한국일본어문학회, 2007년 2월 외 다수

②저서 : 『제국의 식민지수신』 - 조선총독부 편찬 <修身書>연구, 제이앤씨,
2008년 3월 외 다수

근대 암흑기문학 정체성 재건

잡지 『國民文學』의 詩 世界

초판인쇄 2014년 1월 20일
초판발행 2014년 1월 28일

역　　자 사희영
발 행 인 윤석현
발 행 처 제이앤씨
등록번호 제7-220호
책임편집 이신
마 케 팅 권석동

우편주소 132-702 서울시 도봉구 창동 624-1 북한산현대홈시티 102-1106
대표전화 (02) 992-3253(대)
전　　송 (02) 991-1285
홈페이지 www.jncbms.co.kr
전자우편 jncbook@hanmail.net

ⓒ 사희영 2014 All rights reserved. Printed in KOREA

ISBN 978-89-5668-818-3 93830　　　　　**정가** 32,000원